LE COULOIR ROUGE

du même auteur

EXPOSITIONS, POUR WALTER BENJAMIN
(Fourbis, 1994)

JIM HARRISON DE A À W
(Christian Bourgois, 1995)

PAS À PAS, SUR LE TRAVAIL DE RICHARD MONNIER
(La Chaufferie, 1999)

MARI-MIRA, CHRONIQUE D'UN ART PLASTIQUE
FAIT MAISON (Éditions de l'Œil, 2006)

JE ME SOUVIENS DE JOHANNESBURG
(Éditions de l'Œil, 2006)

TOM TIT DADA (La Pionnière, 2006)

VENGEANCE DU TRADUCTEUR (P.O.L, 2009,
prix du Style)

GOOD VIBRATIONS (P.O.L, 2014)

LUXUOSA (P.O.L, 2015)

SCÈNES (sous le pseudonyme de Pierre Glendinning,
P.O.L, 2016)

IDENTITÉS FRANÇAISES (Phébus, 2017)

LE JOUEUR ET SON OMBRE (Phébus, 2019)

LES JOURS NOIRS (Arléa, 2019)

AMÉRIQUE FANTÔME (Arléa, 2021)

BRICE MATTHIEUSSENT

LE COULOIR ROUGE

CHRISTIAN BOURGOIS ÉDITEUR

ISBN : 978-2-267-04618-2

Pour Malraux et Marlow

« Ce fut assez pour me chasser de mon image de l'existence, de ce refuge que chacun de nous se ménage pour s'y tapir dans les moments de danger, comme une tortue rentre dans sa carapace. J'eus un instant la vision d'un monde semblable à un vaste et lugubre chaos, alors qu'en vérité, grâce à nos inlassables efforts, ce monde est un agencement de petites commodités, le plus ensoleillé que puisse concevoir l'esprit humain. »

Joseph Conrad, *Lord Jim*

Le premier samedi de chaque mois, nous nous retrouvions tous les quatre à l'étage d'un restaurant vietnamien, le *Dalat*, situé dans une rue paisible du quartier de l'Opéra, à Paris. Les banquettes usées en moleskine rouge, le bois précieux des cloisons ajourées, les tables rondes en acajou marqueté de nacre, d'ébène ou d'ivoire, les caissons rouge et or du plafond, l'éclairage tamisé des lampes et des lanternes en papier de soie – tout dans la grande salle datait des années 1950 ou 60, et portait la trace de nombreuses réparations : du ruban adhésif masquait les déchirures des sièges, de la pâte à bois remplaçait les morceaux d'acajou manquants, des retouches grossières dissimulaient la peinture écaillée, des ligatures de ficelles assuraient la stabilité de certaines chaises. Nous avions d'ailleurs appris à nous en méfier après que mon frère ou son ami J.B. avait failli se retrouver sur le parquet verni quand le pied de sa chaise s'était brisé.

Nous aimions cette salle anachronique et surannée, non pas, comme certains habitués, par nostalgie de la colonisation, mais parce que nous avions tous séjourné en Asie, en Afrique ou ailleurs. Ensemble, nous retrouvions là une partie de notre passé, qu'à notre tour nous réparions en échangeant souvenirs, anecdotes, projets de voyages dans les pays où nous avions résidé et où nos métiers respectifs ou nos loisirs nous envoyaient de nouveau.

Le patron du restaurant aussi semblait hors d'âge : c'était un grand et mince Vietnamien distingué, toujours vêtu d'un costume noir de bonne coupe mais élimé, aux manches lustrées, au col effiloché. Ne l'ayant jamais vu habillé autrement, nous disions en souriant qu'il en gardait sans doute une dizaine d'exemplaires dans sa penderie. Et lorsque l'un ou l'autre d'entre nous le croisait dans la rue ou un magasin, il arborait invariablement l'un de ces costumes, son éternelle chemise blanche et une cravate noire. Nous disions aussi pour plaisanter qu'il devait dormir ainsi vêtu et qu'il rejoindrait la tombe dans cette tenue. Personne n'aurait su donner un âge à cet élégant vieillard aux longs cheveux blancs coiffés en arrière avec soin. Ses traits émaciés, ses joues hâves, son front dégarni étaient couverts d'un fin réseau de rides et nous avions du mal à imaginer qu'un jour il avait pu être enfant ou adolescent. Pour nous, qui fréquentions le *Dalat* depuis bientôt dix ans, il avait toujours été ainsi, échappant au temps, telle une statue antique parfaitement conservée ou bien comme ces Asiatiques qui à la cinquantaine paraissent franchir un cap invisible, accéder à une dimension inédite où les années qui passent ne font qu'ajouter une légère patine à l'enveloppe humaine et peut-être embaumer le corps pour prendre de vitesse l'échéance de sa disparition. Chaque fois, nous nous étonnions de sa pérennité ; dans cette salle où il nous accueillait presque comme des amis de longue date, il était là, identique à lui-même, indestructible divinité tutélaire. Contrairement au mobilier et au décor jadis luxueux, qui montraient à présent tous les signes de la décrépitude, leur propriétaire semblait voué à une éternelle prestance, à une courtoisie immuable qui nous fascinait et expliquait en partie notre fidélité.

Il se prénommait et nous l'appelions Vuong, « prospérité » en vietnamien. Mais son commerce contredisait ce nom. Nous avions beau nous y rendre le samedi, il n'y avait jamais grand monde au *Dalat* : quelques touristes, deux ou trois couples au rez-de-chaussée, où officiait le fils de Vuong, un trentenaire adipeux, hilare et vulgaire qui nous saluait bruyamment avec force courbettes d'humilité feinte et se répandait en compliments superflus, comme si nous étions des sauveurs attendus depuis longtemps. Nous nous demandions comment un homme aussi fin, subtil, *abstrait* que Vuong avait pu engendrer ce gros benêt. Sans nous attarder, nous montions le spacieux escalier aux marches de chêne ciré, à la rampe tarabiscotée en fer forgé, aboutissant au palier et à la porte capitonnée de moleskine rouge, pour retrouver « notre salle ».

Là non plus, il n'y avait guère de clients, parfois une tablée de Vietnamiens venus fêter un anniversaire ou la signature d'un contrat, parfois aussi une réunion familiale ou encore, comme je l'ai dit, des nostalgiques de l'Annam ou de l'Indochine, des vieillards abîmés, forts en gueule ou abrutis de tristesse, souvent portés sur la bouteille, dont nous nous étonnions qu'ils ne fussent pas déjà morts, mais surtout que Vuong les tolérât chez lui. Les finances chancelantes de l'établissement expliquaient sans doute la présence de ces anciens coloniaux : le restaurant était tout sauf prospère, son patron ne pouvait pas faire la fine bouche. Ainsi, nous redoutions chaque fois de trouver porte close et un avis de faillite ou un panonceau « bail à céder » derrière la vitrine aux boiseries noir et rouge.

Ce soir-là, le premier samedi du mois de mai, je quittai l'animation des Grands Boulevards et la foule attirée dehors par la tiédeur printanière pour rejoindre la rue calme, presque déserte, du *Dalat*. Je découvris avec plaisir notre restaurant toujours ouvert, j'en franchis le seuil, échangeai quelques banalités pressées avec le fils mielleux. Puis je gravis l'escalier, poussai la porte capitonnée et entrai dans la salle. Vuong, en costume noir de rigueur, accompagnait mon frère et J.B., arrivés peu avant moi, à une table ronde située dans un renfoncement, entourée de paravents ajourés qui nous protégeaient d'un groupe bruyant d'une douzaine d'Asiatiques – des hommes d'affaires ou de riches commerçants accompagnés de leurs épouses loquaces et d'enfants turbulents. Me rappelant les problèmes financiers du *Dalat*, je me félicitai de la présence de ces clients, mais pestai contre ces voisins importuns. Un mur de paravents séparait notre compartiment du leur et je n'y pensai plus.

Dès qu'il me vit, Vuong fit un pas vers moi et me tendit la main en s'inclinant légèrement. Je le saluai et pris de ses nouvelles. Il me répondit de sa voix égale qu'il allait «aussi bien que possible», en posant sur moi le regard inexpressif de ses yeux noirs. Sans se départir de son flegme, il ajouta qu'il était ravi de me revoir et bizarrement je le crus, comme s'il ne s'agissait pas là d'une formule creuse dont il gratifiait tous ses habitués, mais de paroles sincères. Je me demandai même si son plaisir à me retrouver ne venait pas du seul fait qu'il se réjouissait d'avoir lui-même vécu un mois de plus. Je le dévisageai et constatai que Vuong n'avait guère changé depuis notre dernier dîner au *Dalat*. Après tout, peut-être était-il réellement heureux de me revoir.

Je saluai mon frère et J.B. Seulement alors, je découvris la présence de Marco, déjà attablé derrière les trois hommes debout, un verre de vin blanc posé devant lui sur la nappe blanche.

Sauf empêchement de l'un ou de l'autre, dû à une obligation familiale, à un voyage ou à une rare maladie, nous étions quatre lors de ces dîners mensuels. Nous respections scrupuleusement ce rituel, non par l'effet d'une quelconque obligation, ni même à cause de l'affection que nous éprouvions pour Vuong, sa discrétion, sa prestance, son mystère, ses costumes noirs. Nous ne tirions aucun avantage de ces dîners qui étaient tout sauf des repas d'affaires. Seuls l'amitié et le plaisir de nous retrouver nous réunissaient. En plus de nous connaître depuis plusieurs décennies, nous avions tous voyagé et passé de nombreuses années à l'étranger, en poste ou sans poste bien défini, et ces expériences avaient, pour le dire brièvement, relativisé notre point de vue d'Occidentaux. Peut-être Vuong le sentait-il d'ailleurs, nous accordant un statut de clients privilégiés non seulement parce que nous étions des piliers de son restaurant, mais surtout parce qu'il devinait que tous les quatre nous avions, chacun à sa manière, fait un pas de côté hors du rang des « maîtres blancs » et que ce pas de côté nous rapprochait de lui.

Comme souvent, Marco était plongé dans ses pensées. Il se leva, nous serra l'un après l'autre contre lui, puis il se rassit et but une gorgée de vin tandis que nous nous installions. Vuong nous apporta les menus en même temps qu'une carafe d'eau et la bouteille de côtes-du-rhône que nous prenions toujours.

Notre ami Marco était sans doute celui d'entre nous qui avait fait le plus grand pas de côté à l'écart de l'Occident et de ses valeurs. Pour des raisons que mon frère, J.B. et moi ne comprenions pas tout à fait, il avait très tôt renoncé à une brillante carrière d'ingénieur pour voyager à travers le monde, s'installer successivement dans divers pays d'Asie et écrire des livres sur ces régions, ou plutôt sur ce qu'il y avait vécu. Loin d'être des guides de voyage, ces livres s'apparentaient au journal de bord : impressions, rencontres, descriptions poétiques, portraits énigmatiques ou truculents, vagabondages parfois risqués hors des sentiers battus, tout cela porté par un ton très personnel, une voix intraitable, souvent sarcastique, à la fois sensuelle et robuste, lucide et passionnée. Cette alchimie subtile fuyant tout pittoresque, tout effet facile, lui avait valu quelques prix littéraires et un grand succès critique, sinon commercial. Il vivait modestement de sa plume et, depuis quelques années, il avait renoncé aux longs séjours en Chine, au Japon, en Indonésie ou dans le Sud-Est asiatique pour écrire des romans nourris de ses expériences à l'étranger. Il s'appelait Marcoux, mais nous l'appelions Marco depuis toujours.

Grand et mince, voire maigre, il avait de longs cheveux noirs ramenés en arrière, un visage anguleux sillonné de rides aussi profondes que des cicatrices, des sourcils incurvés au-dessus d'yeux châtains dont le regard intense, lorsqu'il croisait le vôtre et s'y attardait, semblait percer votre carapace, fouiller par-derrière pour chercher de quelle fibre vous étiez réellement fait. Deux rides d'amertume ou d'abnégation descendaient depuis un long nez légèrement tordu jusqu'aux commissures d'une large bouche aux lèvres fines et mobiles. Oui, Marco avait un visage qu'on n'oubliait pas. Comme en ce début de soirée, il se réfugiait parfois dans un mutisme ombrageux qui nous mettait mal à l'aise ; pourtant, dès qu'il en émergeait, sa parole généreuse, amicale mais jamais complaisante, tranchante, volontiers railleuse, emportée jusqu'à l'excès, mobilisait notre attention. Toute son attitude, son élégance naturelle teintée de nonchalance, ses longs silences mélancoliques faisaient en quelque sorte de lui le pendant à peau blanche de Vuong, comme s'il existait entre eux une connivence, une parenté secrète, Marco proposant une version volatile, inflammable, dangereuse, de la distinction placide et laconique du Vietnamien. Nous sentions chez notre ami un feu qui couvait, une indignation latente, une colère rentrée, et puis le rude apprentissage de la patience qui seule lui avait permis de brider cette violence pour se couler dans le moule des conventions et faire bonne figure parmi ses semblables.

Ce soir-là, il s'absorbait dans des ruminations qui paraissaient nous exclure. Mais à la lecture du menu, il ne put se retenir :

« Des cuisses de grenouille à la vietnamienne ! » s'écria-t-il en riant. Puis, comme souvent, il sauta quelques étapes de ses réflexions pour ajouter : « À quoi bon partir si loin, par exemple en Asie du Sud-Est, pour retrouver là-bas une spécialité française qui dégoûte tous nos voisins européens ? Quand j'étais petit, mon père commandait volontiers ce plat au restaurant. Dès qu'on lui servait son orgie de petites pattes imbriquées en un minuscule charnier de batraciens, je m'indignais qu'il puisse manger ces aimables bestioles, j'avais la nausée, je quittais la table pour me réfugier aux toilettes. Pourquoi les Vietnamiens se sont entichés des cuisses de grenouille, ça non plus je ne le comprendrai jamais. Mais quel désenchantement d'avoir parcouru tant de kilomètres pour retrouver à Saïgon ou ailleurs ce qu'on détestait déjà ici ! Et je ne parle pas seulement des cuisses de grenouille… »

À notre grande surprise, ses cogitations reprirent le dessus et ce fut comme si sa brève tirade n'avait jamais eu lieu. Pourtant, il reprit :

« Voyager, c'est aller de déception en déception. Après avoir imaginé tant de choses exaltantes, on se retrouve embourbé dans l'insignifiance, les ennuis, le déjà-vu, la vulgarité planétaire. Je ne vous apprends rien : la palette s'appauvrit. »

Il but une gorgée de vin.

« Ma première déconvenue de cet ordre, je l'ai vécue au Vietnam, à Dalat où, il y a bien longtemps, j'ai passé plusieurs mois et cru habiter dans les Vosges, le Jura ou en Auvergne. Figurez-vous de hautes collines boisées, un lac couvert de brume, tous les soirs le feu dans la cheminée, un chandail en laine au dîner, la couette sur le lit, la rosée du matin. Non, pas de neige, ni de ski en hiver… Mais j'anticipe. »

Vuong arriva, carnet en main, afin de prendre notre commande. Une fois nos choix dûment notés, il nous salua d'un léger signe de tête et s'éloigna de son pas mesuré, à la souplesse irréelle de jeune homme âgé.

Marco but une autre gorgée de vin, héla soudain Vuong, qui se retourna en un mouvement fluide du buste et de la tête. Marco s'excusa de son oubli et demanda avec douceur une bouteille de sancerre bien frais.

Il nous regarda l'un après l'autre comme pour nous jauger, savoir si nous étions prêts, ou dignes d'entendre la suite. Puis il poursuivit :

« Je n'ai pas l'habitude, vous le savez, de réclamer l'aide de quiconque pour partir en voyage. Je me suis toujours débrouillé seul, sans appui extérieur, sans commande ni mission à remplir aux ordres d'une hiérarchie. Mais j'étais jeune, j'avais vingt-trois ans et je voulais coûte que coûte aller en Asie. Pourquoi ? Disons que le bouddhisme tibétain m'intéressait davantage que la chimie organique ou la résistance des matériaux. C'était fin 1973, je venais d'achever à Paris mes trois années d'école d'ingénieur en ayant fait preuve d'un dilettantisme que d'autres que moi qualifieraient de coupable : arrivé premier au concours d'entrée, je suis sorti avant-dernier de ma promotion. J'estimais néanmoins ne pas avoir démérité, car je venais de décrocher une maîtrise de philosophie à la Sorbonne, ce qui expliquait mes absences répétées aux cours d'algèbre ou de mécanique quantique, ma quasi-désertion des locaux de cette prestigieuse école toute proche du jardin du Luxembourg. Par ailleurs, j'avais déjà voyagé en Europe, en Turquie, en Égypte, au Maroc, passé plusieurs mois à sillonner seul les États-Unis en auto-stop, dormant chez de jeunes contestataires que je connaissais à peine, dans des communautés ou ce qu'on n'appelait pas encore des squats, à l'Armée du Salut ou sur un banc de gare. Mais tout cela est une autre histoire.

« À présent, le barbare que je croyais être désirait partir en Asie, faire son "voyage en Orient", mais pas, selon la mode de la décennie précédente, en minibus Volkswagen ou en auto-stop. J'en avais soupé de l'auto-stop, des attentes sans fin sous la pluie, des rencontres douteuses, désagréables, parfois dangereuses, des sauts de puce frustrants et des longs trajets passés à écouter les déboires amoureux ou professionnels du conducteur, quand ce n'était pas une succession tonitruante de sermons religieux ou de morceaux de hard rock diffusés par la radio. J'avais beau avoir les cheveux très longs et consommer toutes sortes de drogues, mon voyage américain m'avait convaincu de l'échec de l'utopie hippie. Je pensais naïvement que l'Asie, ce continent mystérieux dont j'ignorais presque tout, apporterait des réponses aux questions que je me posais. Je ne soupçonnais pas que personne, aucune philosophie ni aucun pays ne me fourniraient jamais sur un plateau ce que j'attendais avec une passivité qui me fait honte aujourd'hui.

« Procureur impitoyable, j'étais convaincu que le matérialisme de l'Occident, sa croyance aveugle aux vertus du progrès, d'une consommation effrénée et de la croissance indéfinie étaient une imposture – rien de moins. Je voulais partir là-bas à la recherche d'une sorte de plan B, d'une solution de remplacement à ce que je considérais comme l'échec de notre culture, celui de nos parents et surtout, bien sûr, celui de mon père. Ces grandes idées vous paraîtront bien fumeuses, mais j'étais jeune, j'en avais la tête farcie, elles saturaient l'air du temps. Le bouddhisme tibétain était l'un des ingrédients du chaudron bouillonnant, au même titre que le LSD, le zen, l'aventure du Larzac et des communautés. Je vivais dans cette nébuleuse presque entièrement imaginaire, néanmoins balisée d'expériences éblouissantes, que je brûlais de confronter à un long séjour en Orient. »

Marco se servit un verre de sancerre, en but la moitié, tandis que nous entamions nos hors-d'œuvre vietnamiens apportés par Vuong.

« Comme on lance une bouteille à la mer, j'ai écrit une lettre à André Malraux, que je ne connaissais pas, n'avais jamais rencontré ; puis je l'ai envoyée aux bons soins des éditions Gallimard. J'avais lu *La Condition humaine*, je savais qu'au début des années 1920 il avait séjourné en Indochine et volé des statues khmères, qu'il avait participé à la guerre d'Espagne, écrit *L'Espoir*, rejoint la Résistance et le général de Gaulle ; j'admirais son discours échevelé prononcé à l'occasion du transfert des cendres de Jean Moulin au Panthéon ; je croyais aussi savoir qu'il avait été opiomane. L'homme, son parcours, ses livres me séduisaient. Dans ma lettre, je sollicitais son aide en expliquant que j'avais collaboré à quelques revues littéraires, publié des articles dans plusieurs journaux, étudié la philosophie et les sciences, que je m'intéressais au bouddhisme tibétain et désirais partir au Népal ou en Inde pour en avoir une connaissance directe et y faire mon service militaire comme coopérant.

« À mon immense surprise, moins de trois semaines plus tard, j'ai reçu une réponse. Non pas d'André Malraux en personne, mais de Sophie de Vilmorin, la nièce de Louise, qui m'écrivait de la part de l'ancien ministre. J'ai égaré cette lettre au cours de mes déménagements. Mme de Vilmorin me disait en substance qu'"André" me conseillait de contacter de sa part les ambassadeurs de France à Katmandou et à New Delhi, et qu'il me souhaitait bonne chance dans mon travail. J'ai aussitôt écrit à ces diplomates qui, compte tenu de ma recommandation, m'ont très vite répondu, mais par la négative : tous les postes de coopérants étaient occupés, aucun ne se libérerait avant au moins un an. Néanmoins, l'ambassadeur de France en Inde m'a suggéré de contacter le général qui, au ministère des Armées, supervisait les services de coopération. Je me suis donc fendu d'une nouvelle lettre à ce haut gradé, le général Guillebot, je m'en souviens, qui a aussitôt accordé un rendez-vous pour la semaine suivante au protégé de l'ancien ministre de la Culture.

« Vêtu d'un T-shirt noir, d'une veste et d'un pantalon en jean, les cheveux tombant sur les épaules, mais rasé de frais, je me suis présenté le jour dit à l'hôtel des Invalides en ayant conscience de ne pas être tout à fait à ma place dans ce bâtiment massif et imposant. Mais, n'est-ce pas, j'étais pistonné. Un huissier plus que perplexe, désapprobateur, m'a désigné d'un geste désinvolte du menton une double porte aux boiseries dorées. J'en ai ouvert un battant et me suis trouvé au seuil d'un immense salon d'apparat au plafond très élevé et au parquet brillant. Il n'y avait là aucun mobilier, comme si un déménagement venait d'avoir lieu et qu'on avait tout emporté, hormis, à l'autre bout de l'espace, devant une haute fenêtre à petits carreaux, une vaste table aux pieds dorés et galbés, ainsi que deux fauteuils. Tout au fond de cette pièce démesurée, si loin de moi que j'ai eu l'impression de meubles pour lilliputiens, l'un des fauteuils était vide, l'autre occupé par un homme aux vêtements beiges. Je savais que, dans l'administration ou les entreprises privées, la taille du bureau d'un employé était proportionnelle à l'importance de son poste. L'armée ne devait pas faire exception à cette règle, pour rendre aussitôt perceptible le grade de l'officier devant lequel on se présentait. Mais selon un effet imprévu de cette arrogance spatiale, le haut dignitaire assis tout là-bas au pied de la fenêtre gigantesque faisait figure de nabot. J'ai pensé au *Dictateur*, le film de Chaplin, au bureau du *Führer*. Ici, nulle mappemonde gonflable ne distrayait le despote. Il y avait seulement ce nain, qui semblait plongé dans un dossier.

« J'ai parcouru la distance me séparant de lui, je suis peu à peu entré dans la lumière qui tombait de la fenêtre, avec l'impression de m'élever dans une mystérieuse hiérarchie, d'accéder à une sphère du pouvoir réservée à quelques privilégiés. Le nabot a grandi, est devenu un soldat de taille moyenne en uniforme, un quinquagénaire au buste penché au-dessus de la table, non pour me saluer poliment – j'avoue que cette absurdité m'a traversé l'esprit –, mais afin de me montrer que son travail lui importait plus que ma présence malvenue dans le saint des saints où il trônait. Le vaniteux gratifiait sans doute tous ses visiteurs de cette mise en scène puérile, sans se douter qu'il leur offrait ainsi une vue imprenable sur la boule de billard luisante de son crâne chauve, encadrée par deux épaulettes en velours noir constellées d'étoiles. Face à l'hémisphère parfait, éclairé des lueurs changeantes traversant la fenêtre, et aux deux barrettes scintillantes et symétriques, j'ai soudain pensé "Saturne et ses anneaux". Je me suis cru dans un planétarium où l'on aurait emporté tout le système solaire vers une autre pièce avec le mobilier, sauf cette étrange planète-ci. J'ai failli éclater de rire.

« Je me suis arrêté près du fauteuil vide, devant la grande table de travail de style Louis-XVI ou Empire, puis j'ai constaté avec stupéfaction qu'il n'y avait strictement rien dessus, ni classeur, ni courrier, ni téléphone, aucun matériel d'écriture, nul bloc-notes, aucun dossier hormis celui que le général faisait toujours semblant d'étudier en silence.

« N'entendant plus mes pas, me devinant debout devant lui, il m'a jeté un bref coup d'œil par en dessous avant de reprendre aussitôt sa passionnante lecture. Puis il a violemment relevé la tête pour m'examiner de haut en bas, puis de bas en haut, longuement, d'un air effaré : il n'en croyait pas ses yeux. Je l'ai vu rougir de colère et de honte à l'idée qu'il ne pouvait se dérober à cette corvée humiliante : à cause d'André Malraux, il devait rendre service au sinistre hurluberlu qui avait l'audace de se présenter devant lui dans cette tenue négligée, avec cette ignoble coiffure.

« "Bonjour, mon général", lui ai-je dit d'une voix sonore, pleine d'entrain.

« J'étais sûr de mon coup, moi aussi arrogant.

« "Asseyez-vous, m'a-t-il sèchement ordonné. Je viens de consulter nos affectations. Il n'y a rien en Inde ni au Népal. Tout est complet au Laos et au Cambodge. Le Japon... la Chine... impossible, hors de question."

« Je n'ai pas compris pourquoi ces deux pays étaient "hors de question" pour moi. Étaient-ils réservés à des jeunes gens plus présentables, aux cheveux moins longs ?

« Les lèvres pincées, le front soucieux, il s'est replongé dans le dossier, son index a parcouru plusieurs lignes dactylographiées. Saturne et ses anneaux ont de nouveau envahi mon champ visuel. L'index nerveux a soudain tapoté un endroit précis de la page. “En revanche, il y a un poste au Vietnam.” Le sinistre bonhomme a encore redressé la tête d'un geste brusque ; puis, soulevant légèrement les fesses au-dessus de son fauteuil, il m'a crié au visage : “La guerre, ça vous fait peur ?” »

Marco s'interrompit pour manger un nem, vider son verre, nous considérer tous les trois avec un bref hochement de tête et un sourire complice.

« Malgré mon aplomb, sa question m'a pris au dépourvu. Je n'avais aucune expérience de la guerre. Alors, simplement pour décevoir son attente, ne pas lui faire le plaisir d'avouer qu'en effet je redoutais de rejoindre un pays en guerre, je lui ai répondu avec assurance, sans vraiment savoir ce que je disais, mais en me retenant de rire :

« “Non, mon général !

« — C'est donc réglé. Vous rejoignez Dalat en août. N'oubliez pas l'examen médical. Voyez avec mon secrétariat.”

« Il a feint de se replonger dans son dossier, je me suis levé et j'ai parcouru en sens inverse toute la longueur du bureau avec l'agréable sensation de redescendre parmi les mortels après ce bref intermède dans les hautes sphères, auprès d'un dieu de pacotille ou d'une planète errante perdue aux confins de l'univers bureaucratique.

« Une semaine plus tard, la visite médicale s'est passée sans encombre dans un centre de l'armée. Le médecin en uniforme sous sa blouse blanche m'a demandé où je partais et, quand je lui ai répondu d'un air faussement dégagé : "Au Vietnam", il s'est figé, m'a regardé plus attentivement, avec une certaine méfiance, comme s'il venait de déceler chez moi un trouble psychique lui ayant échappé jusque-là. Son visage s'est crispé en une grimace soucieuse et j'ai bien cru qu'il allait me déclarer inapte au service, mais il a seulement dit cette chose bizarre :

« "Vous êtes… sûr ?

« — Tout à fait.

« — Vous devriez emporter un gilet pare-balles, mon garçon. Ça barde là-bas."

« Que lui répondre ? Que j'allais étudier le bouddhisme tibétain ? Il m'aurait ri au nez. Le médecin militaire a secoué la tête d'un air navré avant d'ajouter : "Il n'y a pas que les balles perdues. Méfiez-vous des maladies vénériennes."

« Fort de ces conseils avisés et superflus, j'ai retrouvé L., la jeune femme avec qui je vivais à l'époque, et nous avons décidé de nous marier avant mon départ. Comprenez-moi bien : je ne comptais pas l'emmener avec moi à Dalat, d'autant qu'elle avait à Paris un travail qui la passionnait. Non, me suis-je dit, je ferais seul notre voyage de noces au Vietnam, et cette idée peut-être saugrenue, qui a bien sûr scandalisé mes parents et ceux de L., m'a secrètement plu. J'aimais L., j'étais très attaché à elle, nous avions beaucoup voyagé ensemble et partagé maintes expériences, mais elle comme moi, nous nous méfiions comme de la peste de tout ce qui pouvait sembler banal, normal ou routinier, surtout dans une vie de couple. Alors pourquoi se marier ? m'objecterez-vous. En effet. Nous n'étions pas à une contradiction près en cette période de remise en question de toutes les valeurs conservatrices. Ce sont peut-être un sourd désespoir, une étrange lassitude qui nous ont poussés à légaliser notre union, quitte à nous séparer temporairement juste après la cérémonie, comme pour défaire les liens que nous venions de nouer. »

Marco s'interrompit, le regard dans le vague. Peut-être essayait-il de comprendre, à presque un demi-siècle de distance, ce qui lui avait alors échappé. Il venait d'évoquer « un sourd désespoir », « une étrange lassitude », des émotions surprenantes chez le jeune homme brillant, enthousiaste, insolent, certes fantasque, en tout cas peu respectueux des convenances, dont il venait de brosser le portrait à grands traits. De quel désespoir parlait-il ? Qu'était cette étrange lassitude ? Aucun de nous trois qui l'écoutions n'aurait su le dire. Ce fut comme une ombre qui passa sur notre table ce soir-là, une ombre surgie de nulle part, dont on peinait à définir la nature, une ombre venue de ténèbres plus profondes, qui y retourna aussitôt, mais dont je sentis qu'elle pourrait revenir à n'importe quel moment du récit.

Marco finit ses nems, but une gorgée de vin d'un air rêveur, du dos de la main chassa quelques miettes imaginaires sur la nappe, soupira, puis reprit :

« J'ai vécu là-bas, au Vietnam, deux expériences qui m'ont bouleversé. Je ne pense pas vous en avoir jamais parlé. Je crois en revanche que leur portée dépasse de loin ma seule personne, qu'elles concernent chacun de nous et nous touchent en plein cœur, même si, et ce n'est pas le moins curieux, elles sont, chacune à sa manière, des expériences de la perte du langage.

« Je suis arrivé à Saïgon un jour de la mi-août, vers dix-huit heures. Lorsque j'ai franchi la porte de l'avion qui m'amenait de Paris et venait de se poser à l'aéroport de Tan Son Nhut, la nuit était déjà tombée. Il pleuvait à verse comme tous les soirs à cette période de l'année. Des trombes d'eau diluviennes masquaient presque entièrement les hangars et les modestes bâtiments où seuls quelques projecteurs blafards restaient visibles ; des rideaux liquides scintillants inondaient le tarmac, avançaient comme à tâtons dans l'obscurité, semblaient planer au-dessus de l'asphalte, parcourus de paillettes éblouissantes et de brèves étincelles argentées. J'ai cru voir ces lueurs jouer sur les armures noires et les heaumes de chevaliers gigantesques luttant sans merci dans les ténèbres, au milieu des éclairs de chaleur qui embrasaient les nuages et y diffusaient leurs déflagrations bleu acier.

« En quittant la cabine climatisée derrière des passagers qui ouvraient aussitôt leur parapluie et rentraient la tête dans les épaules, je me suis heurté à une sorte de mur. Bien plus que le déluge tombant du ciel, la muraille invisible qui m'a cloué sur place au sortir de l'avion était celle d'une énorme masse d'air, compacte, saturée d'humidité, aussi chaude que l'haleine d'un four. Figé sur la passerelle, incapable de faire un pas de plus pour affronter cette touffeur, j'ai bientôt compris qu'il ne s'agissait pas d'un mur ni d'une muraille, qu'il n'y avait rien derrière sinon la continuation de la même matière irrespirable, collante, visqueuse, presque palpable, qui occupait tout l'espace, ralentissait les gestes, engluait le corps. Le souffle coupé, je me suis dit que je ne pourrais jamais m'y faire. Ma chemise s'est plaquée contre ma peau, aussitôt trempée de sueur et de pluie. Il m'a semblé sauter tout habillé dans le grand bain d'une immense piscine inconnue.

« Saïgon était une ville suffocante. J'y ai passé quelques jours seul avant de rejoindre mon poste à Dalat. Une bonne semaine avant la rentrée scolaire, tous les enseignants français étaient encore en vacances, personne n'est venu m'accueillir à l'aéroport et personne n'a pris la peine de me contacter dans le deux-pièces sinistre que j'ai brièvement occupé au centre-ville, au premier étage d'un immeuble de l'ambassade de France. Seul le gardien vietnamien semblait au courant de mon arrivée et il m'a donné un trousseau de clefs en me souhaitant la bienvenue. J'ai souffert de la chaleur moite qui ne diminuait même pas durant la nuit. Je prenais douche sur douche, changeais de T-shirt ou de chemise trois fois par jour, m'étonnais de voir les Saïgonais vaquer à leurs occupations comme si de rien n'était, sans verser une goutte de sueur, alors que moi, au moindre effort, je transpirais comme un bœuf. Le décalage horaire, ma solitude forcée, l'impression, parfois, de nager à travers l'air des rues, tout cela m'a poussé à douter de la réalité de cette ville où je ne faisais que passer, à douter de ma propre réalité. Je buvais des bières "33" dans les bars, mangeais des soupes et des omelettes dans de petits restaurants où je me réfugiais avant dix-huit heures, dès les premières gouttes de pluie annonçant le déluge. Je restais lire dans la salle de restaurant jusqu'à la fin de l'orage, puis je sortais dans les rues détrempées où l'activité nocturne reprenait peu à peu, et je rentrais à mon appartement.

« Il y avait d'énormes geckos dans tous les puits de jour de l'immeuble, les cages d'escalier ou d'ascenseur, les toilettes des restaurants, jusque dans ma salle de bains. Ces lézards inoffensifs avaient des pattes palmées, une tête triangulaire d'où saillaient deux yeux globuleux ; leurs écailles beige clair, presque blanches, translucides sur leur long dos arrondi, étaient peut-être décolorées par l'absence de lumière dans les espaces obscurs qu'ils affectionnaient. Un soir où je les observais, agglutinés et immobiles sur le mur tout proche de la fenêtre arrière de ma chambre, l'expression *gecko albinos* m'est soudain venue et l'arrangement de ces syllabes m'a plu. La plupart de ces reptiles étaient amorphes, sauf quand on les dérangeait. Ainsi, il suffisait que j'allume la lumière dans la salle d'eau ou la petite cuisine de mon deux-pièces pour qu'une dizaine de ces gros lézards disparaissent très vite je ne savais où et il me semblait alors que je les avais rêvés.

« Une fois à Dalat, à mille cinq cents mètres au-dessus de Saïgon et du niveau de la mer, j'ai respiré à pleins poumons. J'ai laissé derrière moi, en dessous de moi, l'air tropical humide, la pollution et les geckos. Moiteur et chaleur ont disparu ; j'ai vite compris que l'Orient aussi s'était volatilisé. Je venais de quitter une ville grouillante, opaque et incompréhensible, bien qu'indéniablement asiatique, pour une bourgade où, certes, on bénéficiait d'un air sain, pur, frais, vivifiant, non pollué par l'essence frelatée des hordes de mobylettes, mais où l'on avait planté un décor d'opérette destiné aux colons français en mal d'oxygène.

« À la fin du XIXe siècle, le gouverneur colonial constata que ses concitoyens supportaient mal la chaleur délétère de la capitale et il créa de toutes pièces une station climatique sur les hauts plateaux, à trois cents kilomètres au nord de Saïgon par la route. Ensuite, dès les années 1900, les urbanistes nommés par les gouverneurs successifs aménagèrent à Dalat des rues arborées, des boulevards coquets, de larges avenues, tous bordés de villas normandes, de chalets savoyards, de maisons basques, de fermes bourguignonnes, en plus d'une hideuse cathédrale néogothique et d'une gare de chemins de fer qui, tenez-vous bien, était la réplique scrupuleusement exacte de la gare de Deauville. Je n'en ai pas cru mes yeux.

« À Saïgon, certains petits restaurants proposaient des cuisses de grenouille "à la vietnamienne" ; j'en avais ressenti une espèce de choc, une déception bizarre, comme si l'on m'avait floué de quelque chose, volé mon imagination. Voilà pourquoi j'ai tout à l'heure éclaté de rire en retrouvant ces cuisses de grenouille sur le menu de M. Vuong. Mais ma déception dans les bouis-bouis saïgonais n'était rien en comparaison de celle éprouvée à Dalat en découvrant ces alignements de maisons cossues en meulière, à colombages, en pierre de taille ou en pin qu'on aurait juré des Landes. Je vous l'ai déjà dit : à quoi bon aller si loin pour retrouver ce qu'on vient de quitter ? Et puis cet air frais aussi m'a déçu, comme le joli lac artificiel près duquel j'ai emménagé au premier étage d'une grosse villa des années 1930. Le soir, un épais brouillard recouvrait le plan d'eau et envahissait la ville, la température chutait, on faisait du feu dans la cheminée et l'on mettait un chandail chaud, comme dans les Alpes ou les Vosges en automne... Des forêts touffues recouvraient les collines environnantes. Des 4CV et des Dauphine bleu et beige faisaient office de taxis. Des champs de roses ou de fraises s'étendaient tout autour de la fausse sous-préfecture et l'on m'a bientôt assuré que de riches Saïgonais louaient souvent un hélicoptère de l'armée pour s'offrir une escapade à Dalat et en rapporter de splendides bouquets de fleurs et des paniers remplis de fraises. »

Marco s'interrompit pour laisser Vuong débarrasser nos assiettes, servir la suite, remplir nos verres.

« Notre voisin de l'autre côté du boulevard, en bordure du lac, était un général de l'armée du

Sud-Vietnam. Il habitait une énorme villa, beaucoup plus grande et luxueuse que celle que j'occupais avec un autre enseignant effectuant lui aussi son service militaire. Ce général, le second de mon récit – jamais plus de ma vie je n'ai rencontré autant de généraux –, vivait apparemment calfeutré, en reclus volontaire. Pas une seule fois je ne l'ai croisé dans la rue, ce haut gradé, ni vu, ni même aperçu depuis mes fenêtres. J'ai même fini par douter de son existence, mais des résidents français m'ont assuré que, si si, il était bel et bien là, quoique très discret. Par contre, je voyais en permanence, trônant à demeure dans son jardin, un gros tank flambant neuf, aux chenilles à peine souillées de terre et au canon braqué sur la partie nord du boulevard, là où aurait pu surgir l'ennemi. Ce blindé de fabrication américaine, qu'il avait réquisitionné pour son usage personnel, devait lui servir à prendre la fuite au cas où les forces communistes auraient effectué une percée éclair et atteint Dalat.

« Car au-delà des champs de roses et de fraises, une fois passées quelques collines verdoyantes, c'était la guerre. Dans son bureau démesuré des Invalides, le général Guillebot ne m'avait pas menti. Elle avait pourtant quelque chose d'irréel et d'invraisemblable dans ce cadre bucolique, personne n'arrivait à y croire ; mais tout le temps de mon séjour à Dalat, la guerre s'est rapprochée. Au début, je n'ai rien remarqué. Je donnais des cours de mathématiques au lycée français et de philosophie à la faculté catholique, où j'enseignais à des étudiants chinois et vietnamiens. Je fréquentais des coopérants militaires travaillant dans le même lycée que moi ou comme instituteurs à l'école primaire française. Un ou deux week-ends par mois, je faisais même des pique-niques et des randonnées avec certains d'entre eux dans les collines avoisinantes où, je l'ai appris plus tard, rôdaient des tigres et des éléphants. Ce n'était donc pas tout à fait les Vosges, le Jura ni les Alpes. Je n'ai entendu ni barrissement ni feulement, mais dès que j'ai su que ces animaux sauvages, et non de paisibles chevreuils, des faisans ou des lapins inoffensifs, fréquentaient les forêts toutes proches, je ne m'y suis plus aventuré.

« En semaine, je consacrais mes journées à ces activités ordinaires qu'on pratique en temps de paix et je me suis peu à peu laissé gagner par une sorte de routine anesthésiante dans la station climatique somnolant au bord du miroir de son lac embrumé, où des amoureux faisaient de romantiques promenades en barque à partir de jolis pontons en bois verni. Mais le vendredi en fin d'après-midi, quand aucun pique-nique n'était prévu pour le week-end, je quittais souvent cette torpeur afin d'aller passer deux jours à Saïgon. C'était très facile. L'aller-retour en avion coûtait une somme dérisoire, le trajet durait moins d'une heure.

« J'embarquais à bord de vieux bimoteurs DC3 à hélices. Pendant que les passagers rejoignaient leur siège, les hôtesses d'Air Vietnam branchaient de vulgaires ventilateurs de bureau sur de banales prises électriques fixées en hauteur tous les deux ou trois mètres dans la cabine non pressurisée. À défaut d'une climatisation, ces ventilateurs brassaient l'air surchauffé et, leur vrombissement s'ajoutant à celui des moteurs, ils bannissaient toute conversation, à moins de crier. Souvent, le pilote américain arrivait fin saoul depuis le bâtiment de l'aéroport, parfois presque porté par deux mécanos vietnamiens qui l'aidaient à marcher et à gravir l'échelle menant au cockpit. Je me suis plusieurs fois demandé si je n'allais pas redescendre et renoncer à mon week-end, puis je finissais par rester sur mon siège en croisant les doigts.

« Presque tout le monde fumait dans l'avion, au décollage, pendant le vol, à l'atterrissage. Il y avait là une majorité de Saïgonaises aisées arrivées le matin même à Dalat en DC3 pour s'oxygéner, prendre le frais et faire leurs emplettes sur les hauts plateaux. Ces matrones au brushing impeccable étaient ravies d'avoir un moment échappé à la chaleur moite de la capitale, où elles retournaient avec une ribambelle de grands paniers en osier ou en raphia remplis de bouquets de cinquante roses, d'orchidées, et des corbeilles de fraises, de légumes, d'herbes aromatiques. Au mépris des consignes de sécurité, ces paniers encombraient le couloir central et s'entassaient sur les sièges. Ils contenaient aussi des poulets vivants, achetés au marché de Dalat, qui caquetaient, gloussaient, battaient des ailes parmi les fleurs, les fruits et les légumes. Effrayés par le vacarme de cet environnement inconnu, les poulets brisaient parfois leurs fragiles liens de rotin, jaillissaient hors des paniers et s'envolaient dans la cabine de l'avion où ils semaient la panique. Ils se posaient sur les dossiers ou sur la tête des passagers, filaient très vite au-dessus des appuie-tête, au ras des plaques d'acier du plafond, jusqu'à l'arrière de la cabine, puis ils revenaient à tire-d'aile en cherchant désespérément une sortie.

« Ils déclenchaient d'inénarrables chasses aux volatiles ; nous tendions les bras pour essayer de les attraper en plein vol, nous tombions les uns sur les autres parmi les cris et les éclats de rire, semions plus ou moins volontairement le chaos dans l'avion. Les moments les plus désopilants ou répugnants, c'était quand un poulet affolé s'approchait d'un ventilateur dont les pales lui arrachaient aussitôt les plumes d'une aile, de la tête, du dos ou de la queue ; à leur tour, ces plumes se mettaient à voleter autour de nous en ajoutant au désordre. Les sémillantes hôtesses en robe traditionnelle fendue haut sur la cuisse s'esclaffaient avec horreur ou participaient de bon cœur à cette chasse improvisée aux poulets volants. Elles se déhanchaient en tendant les bras vers le volatile, plongeaient ou tombaient sur les passagers qui s'en offusquaient, les insultaient ou bénissaient l'aubaine.

« Une fois les poulets enfin retournés au fond des paniers, de nouveau ligotés, solidement ficelés, quasi prêts à être rôtis au four, l'avion pouvait décoller dans un vacarme infernal et en multipliant les embardées sur une piste en piteux état, semée de trous qui menaçaient de nous arracher à nos sièges. Après avoir pris de l'altitude, ces vieux DC3 mettaient le cap au sud au-dessus de la jungle.

« Lors de mon premier vol entre Dalat et Saïgon, j'étais assis près d'un hublot, j'admirais le paysage d'un vert profond et uniforme, les méandres bruns de larges rivières où naviguait une flottille de sampans, quand je me suis soudain étonné de voir tout cela défiler, non pas vers l'arrière comme c'est l'usage lors d'un voyage en voiture, en train ou en avion, mais en sens inverse : rivières, sampans, collines touffues, lacs, rizières, toits de chaume, routes et pistes de latérite rouge s'éloignaient vers l'avant. Nous volions en marche arrière ! Je me suis aussitôt rappelé l'ébriété du pilote. Mais, nouvelle surprise, le paysage a peu à peu ralenti sa course vers le nez de l'appareil, il s'est un instant immobilisé derrière le hublot, comme si nous nous arrêtions en plein ciel, avant de filer lentement, puis plus vite, puis à toute allure, vers l'arrière. Bientôt, la surface de la Terre s'est encore figée, avant de repartir dans l'autre sens, vers l'avant, de plus en plus vite, et ainsi de suite, sans heurt ni à-coup, avec une espèce de mouvement pendulaire écœurant. J'en ai eu la nausée. Ni l'avion ni le paysage ne basculaient jamais, comme pour entamer un virage ; à aucun moment l'appareil ne perdait ni ne gagnait de l'altitude ; il se contentait de dodeliner ou plutôt de pivoter, de se dandiner à gauche et à droite comme un canard marchant dans l'herbe. J'ai regardé les autres passagers, à l'affût chez eux d'un malaise ou d'une inquiétude qui auraient confirmé les miens ; ils semblaient ne rien remarquer d'anormal. J'ai alors cru être victime d'une hallucination. Mais non : en me penchant encore vers le hublot, j'ai à nouveau constaté ces mêmes oscillations horizontales de métronome réglé sur un rythme très lent. Le paysage filait vers l'arrière, puis vers l'avant ; vers l'arrière, puis vers l'avant. À quoi bon appeler une hôtesse ? Elle m'aurait répondu que le vol se déroulait normalement, elle m'aurait soupçonné d'avoir trop bu ou fumé.

« La première fois où j'ai fait ces observations sidérantes, j'ai mis du temps à comprendre que l'ivresse du pilote n'était pour rien dans ces embardées de poivrot chancelant sur un trottoir. Simplement, l'antique bimoteur en service depuis une bonne trentaine d'années, la production de ce modèle ayant cessé en 1945, était incapable de voler en ligne droite et, plutôt qu'en canard, il avançait en crabe, pivotant sans cesse de droite à gauche et de gauche à droite, comme s'il humait le vent pour déterminer dans quelle direction aller.

« Ces épisodes comiques me rappellent l'unique salle de cinéma de Dalat, à deux pas du marché couvert et de ses splendides étals débordant de fleurs, de fruits et de légumes. L'air sentait la coriandre, la menthe, le nuoc-mâm, la patate douce, la viande grillée, la carpe de lac, le riz cuit, les fleurs fraîches et, à certains endroits, quelques relents d'abats, d'ordures, d'eau croupie ou de putréfaction. Les clientes avaient les dents laquées de noir ; les vendeuses arboraient une dentition rouge carmin à force de mâcher du bétel. Des chiens errants, maigres et nerveux, se glissaient sans cesse entre les tréteaux et les jambes, attrapant tout ce qui tombait à portée de leurs crocs, puis ils détalaient pour déguster leur prise à l'abri de la concurrence. Fin de la description pittoresque et de la couleur locale.

« Il y avait très peu d'Occidentaux dans ce marché. Un samedi matin où je n'étais pas à Saïgon, j'ai avisé à la sortie du vaste bâtiment en béton le couple le plus affreusement désassorti que j'ai jamais croisé : un énorme Américain pesant plus de cent kilos – il travaillait, paraît-il, pour la CIA –, le crâne luisant couvert d'une étroite couronne de cheveux roux, le visage gras et rougeaud, le corps engoncé dans un costume blanc sale et étriqué qui plissait aux entournures, marchait à pas lents vers les villas au bas de la colline, son bras massif posé sur les frêles épaules d'une très jeune Vietnamienne en robe traditionnelle, aux longs et beaux cheveux noirs. Elle portait le cabas contenant leurs emplettes. Tous deux retournaient vers la bâtisse de trois étages, au toit hérissé de hautes antennes radio, au jardin invisible ceint d'une clôture électrifiée et de rouleaux de barbelés, dernier vestige de l'occupation américaine à Dalat. Je me suis demandé si ce lourdaud réussissait à dormir la nuit, si sa délicieuse amie d'apparence si fragile n'était pas en service commandé pour le tuer.

« Le cinéma. Vers midi, après avoir fait leurs courses, rempli de victuailles leurs sacs et paniers en fibre végétale ou en plastique coloré, les Dalatiens – je ne sais plus s'ils s'appellent ainsi – allaient souvent au cinéma en famille, pour y manger, boire et fumer loin des chiens errants, des tas d'ordures et de l'agitation des travées surpeuplées. J'ai vu dans cette salle *Les Temps modernes* et *Le Dictateur*. Je n'ai jamais plus vécu une séance aussi joyeusement anarchique. Comme dans les DC3 d'Air Vietnam, les poulets désentravés volaient librement et traversaient le faisceau lumineux du projecteur : sur l'écran, leurs ombres véloces devenaient des escadrilles attaquant la mappemonde du *Führer* pour la faire exploser ou bombardant la foule des ouvriers qui manifestaient dans la rue. Les volutes de fumée bleue d'innombrables cigarettes plongeaient Charlot, sa compagne et leur misérable cabane dans des lambeaux de brume scandinave. Toute la salle jacassait, les gens se levaient sans cesse pour faire une dernière emplette, apostropher des amis assis deux rangs plus loin, passer un coup de téléphone, aller aux toilettes, boire une bière, rejoindre une connaissance. Les enfants livrés à eux-mêmes jouaient aux cartes, aux dés, aux billes, à chat, à saute-mouton ou à la poupée en contrebas de l'écran et dans les escaliers ; ils se goinfraient de bonbons, de viande de bœuf séchée, de riz gluant ou de gâteaux ; ils hurlaient de plaisir, battaient des mains, trépignaient de joie ou, debout sur leur siège, découvraient la magie des ombres chinoises. Des spectateurs de tous âges, terrassés par le rire, tombaient de leur fauteuil et se roulaient longuement par terre, en proie à une hilarité inextinguible.

« À Saïgon, j'ai rencontré deux ou trois coopérants militaires venus là pour prendre du bon temps et je me livrais avec eux à toutes sortes de débauches – alcool, sexe, drogues diverses, dont la *buddha grass*, qui n'avait rien à voir avec le bouddhisme tibétain, mais était une variété locale d'herbe surpuissante qui rendait élastiques le temps et l'espace, exacerbait les sensations et, dans l'amour, dilatait le plaisir. J'ai bientôt attrapé une blennorragie carabinée qui m'a calmé. Il y avait aussi l'héroïne, qu'on proposait à chaque coin de rue. Au début des années 1970, après le départ du contingent américain, le Sud-Vietnam était en pleine déliquescence. Tout était à vendre : la drogue, toutes les drogues possibles, mais aussi des hélicoptères militaires, des Jeep ou un transport de troupes, un avion, un tank, toutes sortes d'armes de guerre et de pièces d'artillerie, sans parler des prostitués parfois mineurs des deux sexes dont on pouvait louer les services. Il suffisait d'y mettre le prix, tout était bradé. Les troupes américaines avaient plié bagages du jour au lendemain, abandonnant sur place beaucoup de matériel et mettant sur le carreau tous les commerces et les trafics générés par leur présence. Tant bien que mal, j'ai limité mon usage de l'héroïne aux week-ends à Saïgon. À Dalat, je me contentais de fumer la *buddha grass*.

« Suffit avec mes frasques. Je dirais seulement que je connaissais deux instituteurs français à Dalat, avec qui mon colocataire, Bernard, et moi organisions des soirées, tantôt chez nous, tantôt dans la maison qu'ils partageaient. La musique planante était très forte, nous fumions beaucoup. Une nuit, vers deux heures du matin, j'ai rejoint les toilettes en m'appuyant contre des meubles qui tanguaient, s'esquivaient, rétrécissaient, avaient fâcheusement tendance à s'éloigner à mesure que je m'en approchais. J'ai enfin atteint la salle de bains et là découvert Bernard inconscient, lové en chien de fusil autour de la cuvette des toilettes après avoir vomi, naufragé agrippé à une bouée de sauvetage en faïence blanche.

« Un détail à propos de Bernard : il enseignait dans le même lycée que moi ce qu'on appelait alors les sciences naturelles. Et il consacrait presque tous ses loisirs à chasser papillons et coléoptères. Après les grenouilles et leurs cuisses, les tigres et les éléphants de la forêt, les geckos de Saïgon, les poulets du DC3, les chiens errants du marché, place aux papillons et aux coléoptères. Bernard, qui savait en arrivant là-bas que les hauts plateaux vietnamiens étaient un paradis pour l'entomologiste, me montrait fièrement certains spécimens qu'il venait de capturer, parfois dans le jardin en friche entourant notre villa. C'étaient de splendides monstres. Machaons et monarques gigantesques aux ailes bigarrées, mouchetées, tachées ou striées de couleurs éclatantes ; scarabées cornus comme des rhinocéros, munis de pinces tranchantes ou de longs rostres dentelés et menaçants, à la carapace d'un brun mat ou d'un noir laqué, certains vert vif ou bleu métallisé. Bernard les tuait dans des flacons où il plaçait un coton imbibé d'éther acétique avant d'y enfourner sa dernière prise. Puis il épinglait l'insecte mort au fond d'une des boîtes qu'il avait apportées dans sa malle en fer. Il rédigeait ensuite avec grand soin une minuscule étiquette où il mentionnait le nom commun et le nom savant de la bestiole, ainsi que le lieu et la date de la capture.

« J'admirais son savoir-faire, ses connaissances entomologiques, sa patience et sa passion, sa détermination à découvrir telle ou telle rareté dont on lui avait parlé à Avignon, sa ville d'origine, ou qui était citée comme une proie de choix dans les manuels spécialisés. Je respectais Bernard pour toutes ces raisons, mais j'avais un doute : ici, au Vietnam, en 1974, n'y avait-il pas mieux à faire que consacrer tous ses loisirs à cette marotte ? Quand je lui ai posé la question sans le moindre sous-entendu critique, il m'a lancé un coup d'œil penaud, puis m'a répondu sans me regarder, en haussant les épaules : "Faut bien s'occuper, non ?"

« J'ai compris qu'il n'en dirait pas plus, que je venais de toucher un point sensible. Si je voulais continuer de cohabiter sans problème avec lui, je ne devais plus aborder ce sujet.

« Quant à moi, les scarabées trapus au corps blindé, aux appendices agressifs, durs et pointus, cornus et biscornus, m'évoquaient des chars d'assaut, par exemple celui du général sud-vietnamien qui plastronnait juste en face de notre villa. Et les papillons bariolés me ramenaient invariablement aux hélicoptères militaires, certes beaucoup moins colorés, bucoliques, gracieux et virevoltants, qui arrivaient du nord et se posaient près de l'hôpital militaire de Dalat pour y transporter les soldats ou les civils blessés lors des combats ou des bombardements. Certains jours, c'était un véritable pont aérien : à peine ces gros insectes s'étaient-ils immobilisés qu'ils repartaient au-dessus du lac puis de la forêt, pour aller chercher d'autres victimes, qu'ils ramenaient au plus vite sur l'héliport.

« Un jour, toutes les captures et les mises à mort réalisées par Bernard m'ont semblé risibles, dérisoires, comparées à ce qui se jouait presque sous nos yeux. Ces cimetières aux tombes bien alignées où il classait scrupuleusement ses spécimens, comme si la guerre n'avait jamais existé et que lui-même habitait un monde chloroformé, m'ont soudain paru obscènes. Bernard vivait sous cloche, en somnambule. La torpeur de la station climatique s'était emparée de lui, les vapeurs montant du lac l'avaient anesthésié. Il séjournait dans un rêve peuplé d'insectes chatoyants qui occupaient toutes ses pensées et lui permettaient peut-être d'oublier qu'une nuit il s'était retrouvé allongé par terre, inconscient dans son vomi, lové autour d'une cuvette de toilettes.

« La réalité de la guerre a dissipé son rêve. Les premiers mois, dès la tombée du jour, nous avons entendu des roulements de tonnerre lointains, une basse continue, sourde, menaçante, ponctuée de détonations plus fortes, qui ne se rapprochaient jamais. Il ne pleuvait pas, aucun éclair ne zébrait le ciel, mais il y avait ce grondement incessant, qui durait jusqu'au matin, lorsqu'il se taisait peu à peu, tel un violent orage s'éloignant. Alors j'entendais à nouveau les oiseaux gazouiller, jacasser, se répondre parmi les pins, les sapins, les grandes herbes du jardin. Les hélicoptères sont bientôt arrivés de nuit comme de jour, plus nombreux qu'au début, en une noria ininterrompue.

« Nous avions de vagues nouvelles des combats. Radio Saïgon et Voice of America ainsi que les journaux inféodés au gouvernement multipliaient les comptes rendus optimistes : la victoire était imminente, les vaillantes armées du Sud repoussaient les troupes ennemies, les communistes étaient proches de la débâcle, la liberté allait enfin triompher, etc. Les hélicoptères que voyaient nos yeux et le feu roulant des grosses pièces d'artillerie qu'entendaient nos oreilles démentaient jour et nuit ces mensonges. À défaut de nouvelles fiables et vérifiables, toutes sortes de rumeurs se sont mises à circuler : l'armée du Sud allait utiliser une arme secrète, récemment fournie par les Américains, une arme terrifiante qui allait faire des milliers de morts dans les rangs communistes et offrir la victoire au monde libre. Ou bien, à l'inverse, des bataillons de troupes fraîches et très aguerries venaient d'arriver du Nord, qui allaient anéantir les positions déjà affaiblies de l'armée régulière, après quoi ces bataillons sanguinaires déferleraient jusqu'à Saïgon. Partout sur leur passage, affirmaient certains avec effroi, les soldats du Nord violaient les femmes, tuaient les enfants, massacraient les hommes, y compris les Blancs. Des familles de commerçants chinois, installées à Dalat depuis des générations, ont commencé à plier bagages pour rejoindre la capitale et prendre un bateau à destination de Macao ou de Shanghai. Bref, sans parler de la brume qui tous les soirs recouvrait le lac, nous étions en plein brouillard.

« Le proviseur du lycée, un gros Corse débonnaire et vaniteux, dont je me demandais par quel miracle, ou plutôt grâce à quelle magouille il avait décroché ce poste pour lequel il n'avait ni compétence ni goût, nous a convoqués afin de nous rassurer : il n'y avait rien à craindre, nous a-t-il déclaré de sa voix mielleuse, comme s'il s'adressait à des enfants. Les forces gouvernementales allaient gagner, c'était certain. Ses amis de l'ambassade, eux aussi corses pour la plupart – à mon arrivée à Saïgon j'avais remarqué avec stupéfaction, en me rendant dans cet immeuble Art déco pour signer quelque papier administratif, que du bas en haut de l'échelle tous ces fonctionnaires français étaient corses –, ses amis, donc, lui avaient confié que jamais les grandes puissances occidentales ne permettraient à "ces sales communistes" de s'emparer du Vietnam. L'imbécile y croyait dur comme fer, ce qui l'autorisait, dans sa paresse, à ne prendre aucune mesure et ne rien prévoir.

« La nuit, nous n'entendions pas seulement les roulements de tonnerre des pièces d'artillerie. Des rôdeurs exploraient le jardin, cassaient des brindilles sous leurs pas, écartaient les hautes herbes, chuchotaient à voix basse en vietnamien, essayaient d'ouvrir une porte ou une fenêtre. J'ai fumé moins de *buddha grass*, je ne voulais pas être surpris dans mon sommeil ; d'ailleurs, je ne dormais plus que d'un œil. Plusieurs nuits, je me suis levé et j'ai aperçu derrière la fenêtre de ma chambre un ou deux faisceaux de lampes électriques qui balayaient le jardin tout près de la maison. Je savais que bon nombre des soldats en garnison à Dalat étaient des junkies et que l'héroïne qu'ils fumaient ou s'injectaient arrivait massivement du Nord. Les stratèges communistes avaient bien compris que les opiacés pouvaient saper le moral et la détermination des troupes ennemies, les anéantir aussi efficacement, sinon mieux, que des armes de guerre. Et puis je croisais souvent en ville des soldats hagards, mal rasés, débraillés, au pas vacillant, au regard brillant, à la pupille en tête d'épingle, le pistolet à la ceinture, le fusil-mitrailleur M16 de fabrication américaine brinquebalant au bout de leur bras. Je m'écartais d'eux, changeais de trottoir, faisais même demi-tour quand l'individu en question me paraissait trop louche. C'était peut-être ce genre de zombie qui rôdait dans notre jardin au milieu de la nuit. J'ai pensé que je devais être en mesure de me défendre si jamais l'un ou plusieurs de ces drogués en manque faisaient irruption dans la maison pour y chercher de l'argent. J'ai décidé de me procurer un pistolet.

« Jean et Jacques, mes copains instituteurs qui organisaient ces soirées de défonce, parfois avec de jeunes "amies" saïgonaises qu'ils invitaient chez eux pour le week-end ou la semaine en leur offrant l'aller-retour en DC3, m'avaient dit être déjà équipés. Je leur ai expliqué que des inconnus rôdaient la nuit dans le jardin de notre maison et je leur ai demandé de me fournir une arme. "Pas de problème", m'ont-ils répondu. Deux jours plus tard, Jean m'a téléphoné pour me dire de venir chercher ma commande, un colt .45.

« "C'est un M1911 de fabrication récente", m'a-t-il expliqué en me montrant comment m'en servir, le démonter, le graisser, le remonter. "J'ai le même. Il équipait tous les soldats US venus se battre au Vietnam. D'après mon contact à Bien Hoa, ce flingue a été volé près de Saïgon, dans une armurerie de l'armée américaine, au moment du départ de leurs troupes. Il n'a jamais servi. Je t'offre une boîte de munitions. Si jamais tu as besoin d'autres balles, demande-moi, j'ai ce qu'il faut. N'hésite pas. Au fait, je m'entraîne un dimanche sur deux dans les collines où j'ai bricolé un stand de tir. Si tu veux, je t'apprendrai à te servir de ton joujou…"

« Tout en roulant un joint d'un air très concentré, Jean est entré dans des détails techniques abscons ; avec le plaisir du spécialiste, il a vanté les performances du colt .45 M1911 par rapport à celles d'autres pistolets de la même gamme. J'ai aussitôt oublié ses boniments de marchand d'armes. Je préférais de loin la passion de Bernard pour les papillons et les scarabées. Je lui ai payé la somme demandée, j'ai poliment refusé de voir le fusil d'assaut M16 qu'il gardait à portée de main près de son lit ainsi que les mitraillettes de son arsenal privé. Je suis rentré chez moi avec mon colt .45.

« C'était la première fois que je possédais une arme à feu. Dans ma chambre, j'ai répété plusieurs fois les gestes à exécuter avant de tirer, puis j'ai rangé ce pistolet dans le tiroir de ma table de nuit. Je n'ai pas mieux dormi pour autant. Je regrettais la stase absolue de l'héroïne, ce grand calme de mer étale, mais j'ai aussi renoncé à fumer l'herbe du Bouddha, de peur de me retrouver confronté à un soldat en manque sans l'avoir vu venir.

« Les semaines ont passé. Les roulements de tonnerre sont devenus plus forts. L'orage approchait. Les hélicoptères continuaient leurs va-et-vient entre le front et l'hôpital. Les radios et les journaux sud-vietnamiens étaient toujours aussi euphoriques :

“Nous infligeons des pertes terribles à l’ennemi qui recule sans cesse. La victoire ne saurait nous échapper. Nos vaillants soldats se battent comme des dragons. Vive la liberté !”

« Quant à mon gros balourd de proviseur, il se pavanait toujours en costume trois-pièces dans les couloirs du lycée, les pouces coincés sous les aisselles, le regard pétillant de plaisir, le ventre en avant et la tête en arrière afin de nous faire admirer son visage empâté, ses joues couperosées, ses yeux porcins et son sourire satisfait, sans doute pour nous convaincre que le monde lui appartenait et que ce monde ne changerait jamais. »

Marco s’interrompit avec une moue amère, il mangea un peu de son plat et vida son verre de sancerre. Il nous regarda l’un après l’autre afin de s’assurer de notre attention, puis reprit :

« En février 1975, il a été clair pour tous, sauf pour les médias sud-vietnamiens, que la situation sur le terrain se dégradait très vite. Un lundi en fin d’après-midi, le proviseur nous a convoqués dans une salle de classe après les cours. Soudain moins faraud, il nous a expliqué d’une voix d’outre-tombe qu’il fallait se préparer à une évacuation dans les semaines ou les mois à venir. Son visage poupon, inquiétante caricature de la face sereine du Bouddha, avait pris une teinte cireuse inédite, qui faisait ressortir la toile d’araignée des veines éclatées. Il avait le regard terne, les épaules voûtées, la tête non plus rejetée en arrière avec arrogance, mais légèrement baissée. Son univers étriqué, qu'il avait cru éternel, avec lui trônant au sommet, était sur le point de s'écrouler et il le savait.

« "Déjà", nous a-t-il avoué avec une tristesse non feinte, comme si toutes ses économies venaient de partir en fumée, "les élèves chinois plient bagages. C'est mauvais signe. Les Chinois ont du nez", a-t-il ajouté sans soupçonner l'obscénité de ses paroles, "ces rats quittent le navire en premier. Mais vous pouvez compter sur moi, je vous tiendrai informés de l'évolution de la situation." Etc. Certains enseignants de longue date, qui avaient gros à perdre dans l'abandon de leur villa cossue, de leur nombreuse domesticité et de tous les avantages acquis au fil des ans, sont tombés des nues. Leur mine déconfite m'a secrètement ravi.

« Pour Bernard, la saison de la chasse aux coléoptères et aux papillons s'est achevée. Il a paru s'éveiller d'un songe, découvrir qu'il existait autre chose que ses chers insectes, reprendre pied dans la réalité. Les rôdeurs nocturnes ont mystérieusement cessé de déambuler sous mes fenêtres et je ne me suis pas servi de mon colt .45. D'ailleurs, je n'aurais jamais réussi à tirer sur quiconque. J'étais trop maladroit, j'aurais eu trop peur de blesser quelqu'un.

« J'ai alors été mêlé à un drame qui ne me concernait pas directement, dont j'ai en quelque sorte été la victime collatérale ; mais ce que j'ai vécu en quelques minutes, peut-être quelques heures, m'a profondément marqué et transformé, plongé dans une espèce de gouffre, un sourd désespoir dont, sur le moment, j'ai à peine pris conscience, en partie à cause des bouleversements plus vastes que le mien qui ont alors secoué le Vietnam et m'ont obligé à agir très vite, sans réfléchir davantage à l'épreuve que je venais de traverser. Ç'a pourtant été l'un de ces rares événements qui décident de votre vie, dont on dit ensuite qu'il y a eu un avant et un après ce jour, comme si le mot *destin* retrouvait brusquement un sens qu'il a perdu pour la plupart d'entre nous. À moins qu'il ne faille plutôt parler de *hasard*… Un accident de voiture, de train ou d'avion, un typhon meurtrier, un naufrage, la perte brutale d'un être aimé, une longue dépression ou une maladie grave vous changent parfois pour toujours. C'est ce qui m'est arrivé à Dalat à la fin de ce mois de février. Je n'ai pas perçu aussitôt l'onde de choc que la déflagration avait déclenchée en moi. J'ai mis longtemps à en parler, par bribes décousues, incohérentes, sans en comprendre la portée ni la violence.

« Michel V. était un Français qui enseignait l'anglais au lycée depuis une dizaine d'années. Ce n'était pas un ami, seulement un collègue que je croisais dans les couloirs, côtoyais dans la salle des professeurs ou lors des conseils de classe. J'échangeais alors quelques mots avec ce quadragénaire discret, effacé, presque timide. Il m'avait invité une ou deux fois chez lui avec d'autres collègues et leurs épouses, pour "un pot", un apéritif entre coopérants. Nous buvions de la bière ou du pastis en mangeant du saucisson, des olives, des chips et des biscuits salés, achetés au marché noir ou arrivés de France par des canaux plus ou moins officiels. Michel vivait seul depuis son arrivée au Vietnam. C'était un célibataire endurci auquel nous ne connaissions aucun vice. Quand je dis "nous", je parle de la communauté floue, informelle et contrastée des expatriés ; car il n'y avait aucun rapport entre le salaire dérisoire des coopérants militaires tels que Bernard ou moi et celui, exorbitant, extravagant, des civils. Michel V. faisait partie de ce dernier groupe, mais il semblait éviter tout signe ostentatoire de richesse. Sa villa était modeste, sa voiture aussi ; il sortait peu en ville, n'entretenait apparemment aucune maîtresse, n'allait jamais à Saïgon, n'avait, de notoriété publique, aucune marotte dans laquelle il aurait englouti des sommes faramineuses.

« À l'inverse non seulement de mes deux amis Jean et Jacques qui ne se refusaient rien, mais aussi par exemple d'un instituteur de ma connaissance installé depuis vingt ans dans un quartier résidentiel de Dalat, où il s'était fait construire une somptueuse villa moderne entourée d'un jardin entretenu avec soin. Il payait à temps plein un chauffeur, un jardinier, plusieurs domestiques, une gouvernante pour les enfants, un gardien logé sur place. Ce Français avait une passion, non pas pour les insectes ou les armes à feu, mais pour l'art khmer ; au fil des ans et sans regarder à la dépense, il avait réuni une splendide collection qu'il m'a un jour fait visiter avec une fierté évidente : bouddhas en pierre, en bronze ou en bois doré, danseuses sculptées, linteaux et bas-reliefs ornés de scènes mythologiques et de divinités accouplées, bijoux en or et en argent, etc. Lorsqu'il m'a montré ses trésors, j'ai repensé aux pillages de Malraux au Cambodge. Et ce nabab était un simple instituteur !

« Pour autant que je sache, rien de tel avec Michel V. L'agrégé d'anglais menait une vie discrète, paisible, quasi monacale. Mais allez donc savoir… Comme tant d'autres coopérants, il consacrait sans doute la moitié de son salaire à la construction d'une maison dans le sud de la France, où il comptait prendre sa retraite. Que faisait-il de l'autre moitié ? Personne, à ma connaissance, n'en avait la moindre idée. Et personne non plus n'avait prévu ce qui lui est arrivé.

« D'après ce que j'ai appris un matin dans la salle des professeurs du lycée, un soldat vietnamien de la garnison locale s'était présenté la veille chez lui, au milieu de la nuit. Michel, qui le connaissait peut-être, l'avait laissé entrer, à moins que le soldat n'ait forcé la porte. Rien n'était clair, plusieurs versions se contredisaient. Une chose semblait néanmoins certaine : pour une raison inconnue, ce soldat avait alors attaqué Michel à la machette. Notre collègue avait reçu plusieurs coups de lame au visage, aux mains, aux bras, sur tout le corps. Des voisins, réveillés par les cris et le fracas de meubles renversés ou brisés, avaient alerté la police. Michel était maintenant entre la vie et la mort à l'hôpital militaire de Dalat. Telles étaient les maigres informations qui ont circulé toute la journée dans les couloirs, à la cantine, dans la salle des professeurs.

« En fin d'après-midi, après les cours, quelques-uns d'entre nous ont décidé d'aller lui rendre visite à l'hôpital. Il y avait là Bernard et d'autres enseignants, un ou deux membres du personnel administratif, mais pas le proviseur, qui nous a fait savoir par sa secrétaire qu'il était "trop occupé par la situation sur le terrain" pour se déplacer ; il nous chargeait néanmoins de transmettre ses "meilleurs sentiments au blessé". Jean et Jacques, informés de l'agression par leurs propres canaux, nous ont rejoints devant le lycée dans leur splendide Mercedes bleu pétrole. Chacun est monté dans sa voiture et moi, qui n'en avais pas, j'ai rejoint avec Bernard la banquette arrière de la Mercedes.

« Nous nous sommes présentés tous ensemble à l'hôpital pour demander des nouvelles de Michel V. Un chirurgien vietnamien surmené nous a appris que la victime souffrait de nombreuses blessures dues à de violents coups de machette, qu'elle avait été opérée au petit matin, que son état était grave, le pronostic vital engagé. Puis il a ajouté que notre collègue se trouvait maintenant dans une chambre au fond d'un couloir – il a tendu le bras pour l'indiquer en disant : "La dernière porte à droite".

« Cédant à une impulsion subite, comme si j'avais senti une énorme main me pousser fermement entre les omoplates, je me suis engagé dans le large couloir sans attendre les autres. Il était étonnamment vide et silencieux, ce couloir. Il n'y avait personne, ni blessé gémissant sur un brancard, ni infirmier, ni médecin, pas de lit roulant ni de matériel médical, aucun trépied de perfusion ni appareil électronique émettant ses *bip* plus ou moins réguliers, aucune femme de ménage avec son chariot ni aucun membre de l'administration de l'hôpital, absolument personne. À droite comme à gauche, les portes étaient fermées. Aucune fenêtre ne donnait sur l'extérieur ou sur un bureau, une salle d'attente, une cour où des gens inquiets auraient attendu des nouvelles de leurs proches, fait les cent pas en fumant des cigarettes. Ce couloir désert qui n'allait nulle part évoquait un cul-de-sac, une impasse, une voie de garage abandonnée, une aberration architecturale. J'ai pensé au terminus d'une ligne de bus, de tramway ou de chemin de fer. Tout aboutissait là, tout s'y arrêtait, sans espoir de retour. J'ai soudain eu l'impression glaçante d'être sur le point de découvrir une vérité essentielle, qui m'avait jusque-là échappé, une vérité réservée à moi seul. Une lumière blafarde tombait des néons fixés au plafond. Le sol, récemment lavé, était un linoléum brun dont, je l'ai remarqué d'un œil distrait, certaines dalles se décollaient par endroits. L'air empestait le désinfectant. Les murs, que j'ai à peine regardés, étaient peints jusqu'à mi-hauteur d'une laque sombre et brillante, facile à entretenir, comme dans le lycée où j'enseignais et tous les établissements accueillant du public.

«Après avoir franchi une dizaine de mètres, je me suis étonné d'être seul, puis me suis dit que les autres avaient préféré rester à l'entrée de l'hôpital, qu'en fin de compte ils ne voyaient plus la nécessité de rendre visite à un blessé qui se remettait à peine d'une lourde opération et d'une anesthésie générale. Jugeant sans doute leur présence superflue, ils venaient de décider de rentrer chez eux. Je ne leur en ai pas voulu, mais je sentais que je devais aller de l'avant, qu'il était hors de question de faire demi-tour, même si j'ignorais pourquoi. J'ai continué de marcher en m'étonnant aussi de n'entendre aucun vrombissement saccadé de moteur : où étaient passés tous ces hélicoptères médicaux qui, de jour comme de nuit, ramenaient du front les soldats blessés ?

« Plus que ma solitude ou l'étrangeté de l'endroit, c'était surtout le silence qui me troublait, m'inquiétait, un silence pesant, continu, trop parfait, incompatible avec l'image que je me faisais d'un hôpital en temps de guerre. Je m'étais attendu à une agitation frénétique : des courses précipitées depuis l'aire d'atterrissage, des infirmiers saisissant les civières sous les pales prêtes à les décapiter, puis courant dans les couloirs, transportant les soldats ou les civils mutilés et hurlants jusqu'aux blocs opératoires pour tenter de sauver des vies, d'arrêter les hémorragies, d'empêcher le sang de jaillir, à chaque battement de cœur, d'artères sectionnées. Mais au lieu du chaos, des cris, des râles, des ordres aboyés, des appels au secours, au lieu des membres déchiquetés ou à demi arrachés, des visages broyés d'où toute semblance humaine avait disparu, il y avait seulement ce silence écrasant et l'immobilité de tout. C'était une accalmie vertigineuse, le dimanche de la guerre.

« J'avançais toujours dans le couloir désert avec l'impression de faire du sur-place, de ne jamais pouvoir atteindre la dernière porte à droite indiquée par le chirurgien vietnamien, et je me suis senti dériver peu à peu hors du monde et du temps, vers un espace à la fois paisible et menaçant. Je marchais dans un mausolée ou une crypte secrète, dans un musée désert. Je marchais dans l'allée d'un labyrinthe et j'allais buter contre un mur aveugle, sans plus savoir quelle direction choisir. Comme Michel V., je venais d'être anesthésié et autour de moi tout se dissolvait lentement avant de disparaître jusqu'au réveil espéré. J'ai deviné que j'allais m'évanouir.

« Et soudain j'ai eu honte. Moi, le coopérant douillettement installé dans sa villa alors que, quelques kilomètres plus loin, les combats faisaient rage, je préférerais perdre conscience, m'absenter, déclarer forfait comme mes collègues, plutôt que de rejoindre le bout du couloir et passer un moment auprès du blessé ? Si eux se dérobaient, je tiendrais bon. Pas une fois je ne me suis retourné pour voir ce qu'ils faisaient, s'ils étaient toujours là, dans l'entrée de l'hôpital, s'ils semblaient penauds ou bien m'adressaient des signes timides afin que je les rejoigne, leurs mimiques suggérant que ce n'était pas la peine, ou trop tôt, qu'on reviendrait plus tard, demain, un autre jour, peut-être jamais. Et puis, il y avait cette vérité brûlante qui, j'en étais convaincu, m'attendait tout là-bas, derrière la porte située au fond à droite, une vérité dont j'avais une peur bleue, mais que je désirais regarder en face, pour voir et savoir de quoi il retournait, dans ce lieu qui était l'envers de la vie, mais où je pressentais que j'allais sans doute trouver un sens à la mienne.

« J'ai respiré à fond, repris courage. Un pas après l'autre, je suis allé de l'avant, toujours poussé par cette grande main ferme et indifférente qui, me semblait-il, n'avait pas quitté mon dos.

« Alors, je ne sais pourquoi, mes yeux se sont encore posés sur l'un des deux murs du couloir, puis sur l'autre, sur cette peinture inégale, sombre et luisante, qui depuis le linoléum brun du sol montait à mi-hauteur du plafond, jusqu'à mes épaules. J'ai soudain perçu ce que je refusais de voir depuis le début : ce n'était pas de la peinture ordinaire, une laque brillante facile à entretenir, à laver d'un coup d'éponge humide ou avec une serpillière mouillée, mais du sang. Depuis l'entrée de l'hôpital jusqu'au fond du long couloir, les murs étaient uniformément couverts de sang frais. On avait nettoyé le sol, le linoléum était sans tache, désinfecté ; mais, par manque de temps ou de personnel, les murs étaient restés tels quels, de cette couleur rouge sombre, violacée, presque noire, que prend le sang sur le point de coaguler. J'ai eu le sentiment d'être le dernier homme sur terre.

« J'avais sous les yeux la trace muette de l'horreur. Aucun bruit ne filtrait nulle part, mais le silence a explosé dans mes oreilles. Je crois que j'ai hurlé, sans rien entendre, comme si j'étais subitement devenu sourd. Je suis tombé à genoux. Les images se sont ruées sur moi, leur vague m'a submergé : le sang giclait des corps, arrosait tout au passage des civières ; il maculait les murs et les infirmiers au milieu d'un chaos sonore où se mêlaient cris, hurlements, geignements, ordres, appels, prières, invectives et le claquement hideux des chaussures dans les flaques du liquide visqueux qui jaillissait partout, recouvrait tout, murs, vêtements, mains, visages, civières, matériel médical. J'ai vu une infirmière hagarde, paniquée, glisser et tomber avant de se relever, puis regarder longuement, avec une lenteur stupéfaite, ses paumes rougies. J'ai vu une civière se renverser, une masse informe percuter le sol, lâcher un flot épais, s'immobiliser. J'ai vu des geysers écarlates percuter les murs, les blouses et les faces, un infirmier s'essuyer les yeux du revers de la main, puis continuer d'avancer en portant une sacoche ruisselante. Moïse avait traversé la mer Rouge à la tête de son peuple ; cette fois il était seul et il marchait entre des murailles qui n'étaient pas un tumulte d'eau bouillonnante, mais deux longs monochromes rouges immobiles.

« J'ai vu tout cela et puis je n'ai plus rien vu. Les images de ce qui venait d'avoir lieu une ou deux heures plus tôt ont reflué ; je me suis soudain senti rejeté par la mer, vomi par les flots, expulsé de l'horreur. Sans savoir comment ni pourquoi, j'ai rejoint la terre ferme. Je me suis relevé et j'ai poursuivi ma progression entre les deux murs sanglants. Je n'étais plus à Dalat ni même au Vietnam, ni dans un quelconque hôpital. Je peux vous dire, à vous qui vivez tranquillement votre vie entre un ordinateur, un téléphone portable et quelques magasins, soucieux de préserver votre existence routinière, que je n'appartenais plus à ce monde aménagé, organisé, confortable, qui est le vôtre. Je voulais voir l'envers de ce monde. Je n'étais plus l'un d'entre nous, ou d'entre vous, je n'appartenais plus à aucune communauté humaine. J'avais certes repris pied sur terre, je n'étais plus ballotté par les images de l'horreur, ou plutôt par la vision différée de ce qui venait bel et bien d'arriver dans ce couloir.

J'avais de nouveau conscience du temps et du lieu où je me trouvais, mais j'avais pour de bon largué les amarres et pris le large. Je ne savais même pas si j'étais encore humain et je peux aussi vous dire que je m'en moquais. Je me réduisais à un corps et ce corps vivait, il mettait un pied devant l'autre, il respirait, son cœur battait, voilà tout ce que je sentais, et je ne savais plus rien : j'étais débarrassé de la corvée de savoir. Cette vie uniquement organique, cette vie idiote et bornée, ces palpitations de mollusque, cet allègement subit qui s'accompagnait d'un poids nouveau, muscles, os, tendons, ligaments, et puis mon propre sang tiède, bien confiné, irriguant des organes intacts, tout cela m'a procuré une étrange jubilation, nous dit Marco. Je n'étais même plus le dernier homme sur terre : le sentiment d'appartenir à l'espèce humaine m'avait déserté. Comment expliquer ce bouleversement, cette inversion brutale, ce désistement au profit du seul corps ? Comment les dire ?

« Jusqu'au précieux refuge des mots m'a abandonné. De mot, je n'en avais aucun pour dire l'horreur, aucun pour décrire ce qui m'arrivait, cette débâcle, aucun non plus pour essayer de comprendre pourquoi je voulais à tout prix aller de l'avant, continuer jusqu'au bout, jusqu'à cette porte désignée et la vérité que je comptais découvrir derrière elle. Ce n'est pas un hasard si j'ai mis presque un demi-siècle à trouver ces mots, à nommer et définir ce qui m'est arrivé cet après-midi-là. Sur le moment, dans le couloir rouge, il m'a semblé que le langage tout entier, ce havre rassurant et trompeur, avait disparu, volé en éclats. Seuls restaient les fonctions vitales, les sens, surtout la vue, la masse corporelle, quelques contours flous, la gravité, le poids des membres et des organes, les réflexes, le souffle, le mouvement pendulaire des jambes. En même temps que les mots, la conscience s'était évaporée. Je n'ai pas perdu conscience, je me suis battu pour cela ; elle a simplement disparu ensuite, envolée, escamotée comme un accessoire superflu, un colifichet de foire. Étonnamment, je m'en souviens, je me suis senti libéré d'un poids immense ; la perte du langage a été une étrange bénédiction, cette amputation une bouffée de bonheur enivrante. Comment dire aujourd'hui, ce soir, à vous, cette horreur délicieuse ?

« J'ai continué d'avancer lentement, un pas après l'autre, dans le silence tout bruissant d'échos atroces ; il me suffisait de tendre l'oreille pour les percevoir. Les cris et les râles récents étaient aussi frais que le liquide visqueux qui recouvrait les murs. J'étais concentré sur mon but qui m'attendait là-bas, sur cette vérité que je sentais toute proche, que je désirais ardemment, même si le prix à payer était l'impossibilité d'un retour parmi vous tous pour qui la vie se réduit à la routine commune. Oui, j'étais prêt à payer le prix fort pour voir et savoir, pour découvrir le mystère. Le général Guillebot, l'art khmer, le proviseur corse, les papillons de Bernard, les pistolets de Jean, les villas basques et les chalets savoyards, le lac romantique, la réplique grotesque de la gare de Deauville, les excursions dans les collines, les "pots" soporifiques et les conseils de classe assommants, j'étais désormais à mille lieues de ce monde-là. Il venait de se dissiper comme un écran de fumée. Quelqu'un, peut-être la main impitoyable qui me poussait toujours dans le dos, avait tiré un trait là-dessus à ma place, sans me consulter ni me demander mon avis. Je ne savais pas où j'allais ni ce qui m'attendait au bout du couloir, mais je ne pouvais plus faire demi-tour.

« Soudain, sans comprendre comment, je suis arrivé devant la porte. Elle était ouverte, j'en ai franchi le seuil. Je suis entré lentement dans une grande pièce, elle aussi aveugle et éclairée par des néons, une chambre entièrement vide, aux murs peints normalement, sans la moindre trace de sang, je l'ai tout de suite vérifié. Il n'y avait presque rien entre ces quatre murs nus qui évoquaient une salle de couvent, un parloir de prison. Comme dans le couloir, il régnait un silence absolu où j'entendais seulement ma respiration haletante, la pulsation de mon sang. Il n'y avait là ni trépied à perfusion ni appareillage électronique, ni armoire métallique ni aucune espèce de mobilier, seulement un lit médicalisé installé presque au milieu de l'espace, un peu en biais, avec une sorte de désinvolture, de négligence qui m'a fait froid dans le dos. J'ai eu le sentiment qu'on avait très vite poussé ce lit dans la chambre, sans égard particulier, pressé de s'en débarrasser pour s'occuper de tâches plus urgentes. Sur ce lit décentré gisait à plat dos un corps immobile recouvert d'un drap blanc dont dépassait une tête entièrement entourée de bandages, avec de petites ouvertures ménagées pour la bouche, le nez et les yeux. Je me suis approché, j'ai regardé en sentant la peur revenir. Ces interstices étaient si réduits que je n'ai pas réussi à décider si j'avais devant moi un Vietnamien, militaire ou civil, blessé plus tôt dans la journée, puis transporté du front en hélicoptère, soigné ou opéré, enfin installé dans cette salle nue et vide qui ressemblait à l'image que je me faisais d'une morgue, ou s'il s'agissait bien de Michel V. Des taches de sang suintaient sur les bandages et sur le drap blanc.

« L'homme invisible ne bougeait pas. Le drap qui recouvrait le buste ne se soulevait ni ne s'abaissait. Aucun muscle ne paraissait se contracter ou même frémir. Il avait les yeux grands ouverts, mais ne voyait rien. J'ai remarqué, en me sentant idiot, qu'il avait des iris presque noirs, ce qui ne m'a nullement renseigné sur son identité, car je ne me rappelais pas la couleur des yeux de Michel V. Ses paupières ne clignaient pas.

« Face à ce corps dont j'ignorais aussi s'il s'agissait d'un cadavre ou d'un patient vivant encore sous anesthésie, j'ai retrouvé l'usage du langage en percevant une vague familiarité entre nous, une complicité muette, une espèce de connivence fragile et floue, qui tenait peut-être au sentiment qu'on avait, chacun de notre côté, traversé des épreuves différentes mais terribles, qui nous avaient tous deux exténués, transformés de fond en comble. Je n'étais plus seul dans le couloir de la mort monstrueuse, hyperbolique ; je venais de trouver une sorte d'alter ego, de compagnon d'infortune, qui me permettait à son insu d'échapper à l'horreur, de toucher terre, de reprendre contact avec les mots, de leur faire à nouveau confiance pour entamer ce miracle secret qu'on appelle, sans y penser davantage, un dialogue.

«Je lui ai donc dit ceci, non sans honte, avec l'impression stupéfiante de réapprendre le langage humain et d'en éprouver aussitôt la bêtise : "Bonjour, Michel. C'est Marcoux. Comment vas-tu ?"

« Pas de réponse.

«Je me suis encore approché, j'ai scruté en vain son visage pour voir s'il respirait. Puis, toujours aussi attentionné et niais, sans doute pour me rassurer et me prouver que je tenais mon rôle, j'ai ajouté : "Dis-moi si tu m'entends. Fais un signe de tête ou de la main. Cligne les yeux. Je suis là, près de toi. C'est Marcoux."

« Pas de réponse. Aucune réaction. J'ai longuement observé le drap pour voir si son buste bougeait. Aucun signe de respiration. Pas le moindre frémissement.

«Ce drap était un linceul. Le dialogue tenté, un échec. Une fois de plus, les mots s'avéraient superflus, impuissants. Je suis resté longtemps debout près du lit médicalisé en me demandant parfois si je ne m'étais pas trompé de pièce. Je suis même retourné dans le couloir pour voir si c'était la bonne chambre, s'il n'y avait pas une autre porte, plus loin vers le fond. Mais non. C'était bien celle indiquée par le chirurgien – des heures plus tôt, m'a-t-il semblé –, la dernière à droite dans le couloir.

«Je suis retourné auprès du corps inerte qui ne manifestait aucun signe de vie, nulle envie de parler, et je me suis dit que moi aussi j'étais mort. Nous séjournions pour un temps indéterminé dans cette pièce qui était une salle d'attente réservée aux humains qui venaient de perdre la vie. Nous étions tous deux dans les limbes, en transit entre deux mondes, dans le bardo du bouddhisme tibétain, en attente du jugement ou d'une réincarnation. Je ne voulais surtout pas renaître sous la forme d'un papillon, d'un scarabée, d'un colt .45, d'un junkie de l'armée du Sud-Vietnam, d'un poulet ou d'un proviseur corse. J'étais confronté au silence. Il n'avait jamais cessé d'emplir mes oreilles et, une fois encore, je n'avais plus de mots, le langage m'abandonnait. Quelle était cette vérité que je m'étais promis de découvrir ici, tout au bout du couloir rouge ? Personne, aucune voix n'était là pour me la révéler. J'ai alors cru comprendre que cette vérité se passait de mots, qu'elle était l'absence même des mots. C'était son secret, à la fois sa force et sa faiblesse ; je devais accepter ce paradoxe, m'en contenter. Après être longtemps resté à côté du corps à peine vivant ou tout à fait mort, je me suis laissé dériver vers le silence sans mots, je me suis fondu en lui, je l'ai laissé m'absorber, m'entraîner dans ce renoncement, cet échec.

« J'ignore combien de temps j'ai passé auprès de Michel V. Si je suis retourné dans le couloir, c'était seulement parce que je ne supportais plus le regard vide, inhumain, de ses yeux écarquillés. Je lui ai dit au revoir, puis j'ai quitté la chambre, retrouvé l'horreur des deux longs murs uniformément rouges qui se faisaient face et m'enfermaient. Je me suis senti étouffer, perdre pied peu à peu, avec une lenteur qui par moments m'a fasciné, dans une sorte d'abandon à la fois nauséeux et grisant. Le silence, je m'en souviens très bien, était seulement troublé par le grésillement erratique d'un néon qui au plafond s'allumait et s'éteignait selon un rythme irrégulier, tantôt lent, tantôt effréné, annonçant son extinction imminente. J'ai soudain revu les lueurs crépitantes et fugaces de la pluie diluvienne qui, à l'aéroport de Tan Son Nhut, le soir de mon arrivée au Vietnam, m'avaient paru miroiter sur les armures noires de chevaliers titanesques combattant dans le ciel parmi les éclairs de chaleur. Cette vision n'a duré qu'un instant, je l'ai aussitôt oubliée, mais j'ai cru confusément qu'elle était la vérité que j'étais venu chercher ici.

« Il m'a semblé glisser doucement sur une longue pente lisse menant je ne savais où. À présent, la lumière saccadée du néon se reflétant sur les murs de sang ne m'évoquait plus rien. Avant de sombrer, j'ai seulement noté, avec cette extrême lucidité qui précède parfois la perte de connaissance, qu'un néon défectueux clignotait au plafond, sans en tirer la moindre conclusion ni y voir aucun présage. Je me trompais. Soudain exténué, moi aussi au bout du rouleau, j'ai vu le linoléum brun se ruer vers moi, les deux murs rouges grandir très vite.

« Quand j'ai repris conscience, j'étais allongé sur un banc dans l'entrée de l'hôpital. Il n'y avait presque personne, tout était paisible, silencieux, hormis quelques chuchotis éloignés dans une langue que je ne comprenais pas. Je ressentais le grand calme de l'héroïne, mais sans héroïne. Une infirmière vietnamienne s'est approchée. Je suis redescendu dans ce monde. Elle m'a tendu un verre d'eau et un cachet en disant : "*Drink.*" Je me suis redressé sur un coude, j'ai avalé le médicament avec une gorgée d'eau. L'infirmière m'a demandé : "*You OK?*" — "*Yes, I'm OK*", ai-je répondu machinalement, sans comprendre ce que je faisais là, ce qui venait de m'arriver. J'ai regardé autour de moi : le chirurgien de tout à l'heure n'était nulle part visible, les Français avec qui j'étais arrivé à l'hôpital avaient tous disparu, sans doute lassés de m'attendre. Je n'avais aucune idée du temps que je venais de passer dans le couloir puis dans cette chambre, auprès de Michel V. Je me suis assis et me suis retourné pour voir si je n'avais pas tout rêvé, pour vérifier que ce couloir existait vraiment et que je n'y étais plus. Je l'ai repéré assez vite ; sur ma gauche, à une dizaine de mètres du banc, il était toujours aussi rouge et désert. Personne ne l'avait nettoyé, personne n'y circulait ni ne s'en approchait, comme s'il n'existait pas, sauf pour moi. Le néon clignotant s'était éteint. Son agonie m'est revenue en mémoire. Pas les chevaliers noirs. Je me suis levé sur des jambes flageolantes pour rejoindre le bureau de l'accueil où j'ai demandé un taxi.

« Dehors, il faisait nuit. Le vrombissement des hélicoptères qui approchaient les uns derrière les autres dans le ciel ne masquait pas tout à fait le tonnerre des pièces d'artillerie. Le monde n'avait pas changé. Son indifférence, sa persévérance obtuse m'ont stupéfait. Tout était comme avant, aussi atroce et dégondé : les fenêtres éclairées des villas françaises s'échelonnaient le long du lac miroitant au clair de lune, la paisible station climatique se préparait à une soirée douillette, les cheminées fumaient sur les toits, le feu flambait dans les âtres, quelques voitures roulaient au pas sur les boulevards ombragés de grands pins majestueux dans l'air immobile du soir. Mais là-haut les blessés et les morts arrivaient du front ; le personnel de l'hôpital se préparait à les accueillir, à subir une nouvelle douche de sang.

« Quant à moi, j'étais en état de choc, incapable de retrouver le fil des récents événements, qui certes ne concernaient que moi, mais m'avaient bouleversé. Je suis rentré en taxi, me suis aussitôt couché sans chercher à voir Bernard et j'ai dormi d'une traite jusqu'au lendemain matin.

« Deux ou trois jours plus tard, j'ai commencé à mettre quelques mots hésitants sur ce que je venais de vivre. Dans la journée, un voile rouge me tombait soudain devant les yeux, pour occuper tout mon champ visuel durant quelques secondes. Face au flot de sang, je paniquais, battais des bras, renversais un verre, des livres ou une lampe, perdais parfois conscience durant quelques secondes, avant que la vision disparaisse et que je puisse reprendre mes activités en me demandant quand le voile rouge reviendrait. La nuit, je faisais des cauchemars où, pour une raison inconnue, je me trouvais dans un long couloir vide et silencieux, tout à coup envahi par des infirmiers transportant au pas de course des corps hurlants ou gémissants sur des civières. Un désordre monstrueux, un vacarme assourdissant me paralysaient soudain. L'image tout entière se colorait lentement d'une teinte rose fuchsia qui fonçait, s'approfondissait, finissait par diluer les corps, les objets et l'espace, les absorbant dans un monochrome écarlate. Je me réveillais en nage, parfois en criant.

« J'ai retrouvé peu à peu l'usage des mots qui nous protègent contre le tranchant acéré des événements, nous permettent de les supporter, nous convainquent de notre maîtrise. Les faits les plus banals, sans parler de chocs tels que celui que je venais de subir, demeurent longtemps rétifs à se plier au canevas du langage. Ils tendent à en faire éclater les coutures pour retrouver leurs aises et de leur masse obtuse défier le fragile filet. Ces mots que je hasardais comme on va à la pêche n'attrapaient que du menu fretin ; les gros poissons de mon expérience récente restaient hors de portée de mes appâts, croisant en eau trop profonde pour que j'espère les ferrer, puis les remonter à la surface. À défaut de prises conséquentes, j'ai dû me contenter de verbiage. J'étais loin du compte, très loin. C'est seulement ce soir que je suis capable d'explorer plus profond ces ténèbres, grâce à vous et au temps écoulé qui me permet d'évoquer ces souvenirs presque comme s'ils appartenaient à un autre.

« Le lendemain de ma visite à l'hôpital, j'ai appris que Michel V. était mort de ses blessures en début de matinée. Même si j'avais parfois cru être en présence d'un cadavre, il vivait donc encore ce soir-là, lorsque j'avais passé auprès de lui ce temps indéterminé, réfractaire aux horloges.

« J'ai mis longtemps à me résoudre à l'évidence : dans cette pièce évoquant un caveau ou une morgue, je n'avais appris aucune vérité. »

Marco se tut, vida son verre avant de le remplir encore. Soucieux, il gardait les lèvres serrées, les yeux baissés. Il se demandait peut-être s'il nous avait tout dit. Non qu'il eût voulu cacher quelque chose, car son récit avait été une tentative opiniâtre pour voir clair en lui, aller au fond de ses souvenirs. Mais un gros poisson ayant échappé à sa pêche nageait peut-être toujours en eau profonde, hors de portée, obstinément rétif à se laisser prendre dans le filet des mots ; et ce gros poisson pouvait être la vérité si ardemment cherchée un demi-siècle plus tôt, au bout du couloir d'hôpital. Quoi qu'il en soit, nous restâmes immobiles et muets. Le contenu de nos bols et de nos assiettes finissait de refroidir devant nous.

Je crus me réveiller en sursaut d'un long rêve agité et angoissant. J'entendis de nouveau la bruyante tablée des clients asiatiques. Derrière les paravents ajourés, sans soupçonner ce qui venait d'avoir lieu si près d'eux, ils s'esclaffaient et riaient, sirotaient des petits verres d'alcool de riz en portant des toasts à je ne savais quoi, et ils se préparaient à payer l'addition tandis que leurs enfants jouaient à des jeux vidéo sur leurs téléphones portables ou ceux de leurs parents. Ces activités banales, leurs rires et leurs exclamations joyeuses me parurent tout à coup incongrus, déplacés, semblables aux rituels d'une tribu dont le monologue de Marco m'aurait exclu. Je fus certain de partager avec mon frère et J.B. cette brusque sensation de vide, de trou d'air, de violent retour sur terre, mais sur une terre qui, si elle n'avait pas changé, semblait singulièrement étrangère. Elle n'était plus tout à fait la nôtre. Nous qui n'y avions presque jamais vécu en territoire familier, nous nous en sentions à présent encore plus exilés.

Vuong se matérialisa à côté de notre table. Impassible, il regarda nos assiettes et nos bols à moitié pleins, haussa imperceptiblement les sourcils, secoua lentement la tête :

« Vous n'avez pas faim ce soir ? Ou bien monsieur Marco vous a-t-il coupé l'appétit avec ses histoires ? Désirez-vous autre chose ? »

Marco ne réagit pas, puis il dit sans quitter son assiette des yeux :

« Oui, monsieur Vuong. Une bouteille de sancerre, s'il vous plaît. »

Puis il ajouta :

« Je n'en ai pas fini avec ce que vous appelez mes “histoires”. D'ailleurs, la prochaine vous intéressera peut-être. Elle est liée à la première et vous y faites une brève apparition.

— Ce soir, intervint mon frère, nous préférons écouter. J'espère que vous ne vous en formaliserez pas. Vous pouvez débarrasser et passer aux desserts, Vuong. Et nous apporter une autre bouteille de côtes-du-rhône. Merci. »

Vuong s'inclina avant de disparaître aussi discrètement qu'il était arrivé. Très gais, les Asiatiques de la tablée voisine payèrent, se levèrent, puis se dirigèrent vers l'escalier menant au rez-de-chaussée. Hormis Vuong, il n'y avait plus que nous quatre dans la salle à l'étage. Le patron du *Dalat* servit nos desserts, puis les bouteilles de vin commandées.

Marco restait pensif, mélancolique. Selon un geste qui lui était familier, sa main chassa encore sur la nappe quelques miettes imaginaires. Tout aurait pu s'arrêter là, nous étions rassasiés de mots et d'émotions; le récit qu'il venait de tisser, ou plutôt de découvrir et de tirer du fin fond de ses souvenirs comme on dévide le fil d'une pelote nous avait, je crois, tous émus. C'était assez semblable à ce que les marins appellent «l'invention d'une épave», lorsqu'un plongeur ou un pêcheur repère au fond de la mer un bateau qui a fait naufrage, et que ce bateau coulé lui appartient de droit. Marco venait d'«inventer», de retrouver une épave intime, jusque-là inaccessible, qui avait passé plusieurs décennies au fond de sa mémoire. Devant nous, peut-être grâce à nous, il l'avait hissée hors de l'eau, au sec, au grand jour, pour que nous puissions bien la voir. Cette épave et les coquillages qui brillaient sur sa coque rayonnaient d'une splendeur inquiétante, dont nous nous serions volontiers contentés. Je l'ai dit, nous n'avions presque rien mangé, mais nous étions rassasiés.

Vuong, qui n'avait plus d'autres clients à servir ce soir-là, décida de s'asseoir avec nous, ainsi que Marco le lui avait suggéré à mi-mot. Nous lui fîmes place.

Il apporta un verre, qu'il remplit d'eau. Je ne le vis jamais boire autre chose que de l'eau. Il s'installa près de Marco, qui écarta sa chaise pour l'accueillir parmi nous et lui tapota amicalement l'épaule, sans rien dire.

Marco se taisait toujours. Nous restions silencieux, secoués par ses souvenirs, par l'effort manifeste qu'il venait d'accomplir pour en retrouver l'intensité et l'horreur. Vuong ne disait rien, se contentant de boire son eau à petites gorgées. Un léger malaise s'empara peu à peu de nous, les trois autres convives ; car malgré les assurances de Marco, ce silence qui s'éternisait, l'attitude pensive, presque absente, de notre ami portaient à croire qu'il était trop éprouvé par son exploit pour lui donner une suite. Notre réunion s'arrêterait là, chacun rentrerait chez soi et l'affaire serait entendue.

Marco vida son verre, le posa rudement près de son assiette, presque brutalement. Il redressa le buste et nous dévisagea l'un après l'autre comme précédemment, en prenant son temps, peut-être pour jauger nos sentiments, savoir si nous aussi, à un moment quelconque de notre vie, nous nous étions sentis exclus de l'humanité et du langage, réduits à rien face à la mort. Le devinant prêt à renoncer, je m'attendis à ce qu'il nous annonce qu'il jetait l'éponge, que c'était fini pour aujourd'hui, qu'il était fatigué, que lors d'un autre dîner chez Vuong, peut-être…

Il poussa alors un grand soupir, leva le visage vers le plafond, resta longtemps à contempler les caissons laqués de rouge. Quand, du talon de la main, il s'essuya les yeux, je fus convaincu qu'il allait nous planter là, prendre congé, quitter sa chaise puis le restaurant pour rejoindre son petit appartement parisien. Il prit une profonde inspiration, s'apprêtant sans doute à nous faire ses adieux.

« Je pense parfois », dit-il à voix basse, presque à part lui, en regardant la table, « que cette expérience que je viens de vous relater tant bien que mal, avec mes pauvres mots, est la plus proche du bouddhisme tibétain que j'ai jamais faite. Cela vous étonnera sans doute, car vous n'avez trouvé dans mon récit ni mandalas colorés, ni bannières peintes, ni tintement de cloches ou coups de cymbales rituels, ni lévitation, ni prières répétées *ad nauseam*, et les seuls bouddhas qui y sont apparus étaient des statues collectionnées par un minable instituteur féru d'art khmer, sans parler de mon proviseur corse, cette malfaisante caricature. Bref, rien du folklore habituel auquel on réduit volontiers cette religion. Mais il s'agissait bien de ce que j'étais venu chercher en Asie. Moi, l'étudiant en philosophie qui connaissait seulement le bouddhisme à travers les textes fondateurs, les commentaires de spécialistes et quelques images ou reproductions d'œuvres, je me suis soudain senti expulsé de tout ce savoir au profit d'une expérience directe, violente, douloureuse, du cœur même de ce dont il était question. J'ai mis un certain temps à le comprendre. Mais passons. Je vous ai promis une seconde "histoire", comme dit mon ami Vuong. Elle aussi a trait à la perte du langage, à sa disparition brutale, bien que sur un autre mode, moins éprouvant. »

Marco s'interrompit pour piquer une lamelle de gingembre confit au bout d'un cure-dents, la porter à ses lèvres, boire une gorgée de sancerre.

« À la mi-mars, reprit-il, le gros lard de la CIA est parti avec armes et bagages. Un hélico d'Air America est venu le cueillir comme un pavot ventripotent dans son jardin fortifié. La jolie Vietnamienne qui avait partagé son intimité ne l'avait donc pas trucidé. À leur tour, les Chinois ont discrètement filé de Dalat. Les riches Vietnamiens aussi, qui avaient des relations et étaient informés de la situation militaire réelle, ont fui par avion à Saïgon. Il n'y avait plus que les Français, ces éternels traînards, pour s'accrocher à une bourgade que, par sentimentalisme ou par bêtise, souvent les deux, ils ne voulaient pas quitter. Le charme de Deauville, les chalets savoyards, la cuisine soi-disant provençale qu'on servait dans certains restaurants – oui, les cuisses de grenouille vietnamiennes, ail, huile d'olive, fines herbes et curry… –, leur monde se réduisait parfois à ces leurres.

« Les hélicoptères arrivant du front étaient plus nombreux que jamais, on entendait désormais en permanence la rumeur des combats. Malgré la propagande délirante des médias gouvernementaux, personne ne pouvait plus entretenir la moindre illusion : l'armée du Sud allait se débander, celle du Nord déferler jusqu'à la capitale. Ce n'était plus qu'une question de semaines, voire de jours.

« Le lycée français a fermé ses portes. Tous les coopérants, civils comme militaires, ont préparé leur départ pour Saïgon. De là, on aviserait. Bernard, mon colocataire, a rangé ses boîtes de coléoptères et de papillons dans une grande malle qu'il a fait rapatrier en France. Un jour, le tank du général qui était notre voisin de l'autre côté du boulevard a disparu de son jardin. Du perron de notre villa, Bernard et moi l'avons vu s'éloigner vers le sud dans un grondement de chenilles neuves, sous un panache de fumée noire. Nous avons échangé un regard amusé en nous disant : "C'est fini." Dès le lendemain, Bernard a pris un DC3 d'Air Vietnam à destination de la capitale. J'aurais juré qu'aucun poulet ne volait dans la cabine, qu'il n'y avait là aucune riche Saïgonaise venue pour la journée faire ses emplettes à Dalat.

« Je devais partir deux jours plus tard par la route. Un ami, sans doute Jean, je ne me souviens plus, m'a dit connaître un déménageur français établi ici depuis des lustres, un certain Lucien, "un vieux de la vieille, tu verras", a-t-il ajouté avec un petit rire plein de sous-entendus. Ce Lucien comptait rejoindre Saïgon au volant de son camion. Il emporterait les malles et les caisses de plusieurs coopérants, mais il lui restait un peu de place. J'ai obtenu son numéro de téléphone. Je l'ai appelé. Il m'a donné son accord pour m'emmener à Saïgon, ajoutant qu'il passerait me prendre, avec ma malle, le surlendemain en début d'après-midi. Quand nous avons brièvement discuté du prix pour mon trajet et le transport de mes affaires, j'ai eu l'impression d'un homme âpre au gain.

« J'avais en tout et pour tout une malle remplie des livres que j'avais apportés de France neuf mois plus tôt, dans l'espoir, rapidement déçu, de travailler à mon doctorat. Une valise contenait mes effets personnels, un roman de Joseph Conrad, *Lord Jim*, un recueil de poèmes d'Henri Michaux, *L'Espace du dedans*, et le carnet où, dès mon arrivée à Dalat, j'avais entamé une sorte de journal. Récemment, j'avais pris quelques notes floues, hésitantes, souvent incohérentes, sur le couloir rouge et la chambre d'hôpital de Michel V. Je me perdais très vite dans une nuée de détails anecdotiques pour contourner, éviter de regarder en face le saccage produit en moi par ce que j'y avais vécu.

« La veille de mon départ, j'ai expliqué la situation à notre jeune et timide employée vietnamienne, qui ne devait pas avoir plus de dix-huit ans. Lorsque je lui ai donné un mois de salaire en plus de sa paie hebdomadaire, elle m'a remercié en joignant les mains devant elle et en inclinant la tête. Avec l'aide de Kim – je crois qu'elle s'appelait Kim –, j'ai descendu ma malle dans l'entrée de la maison. Puis la jeune fille est retournée chez ses parents, où elle habitait en attendant de se marier, si elle comptait se marier un jour, car elle était très discrète et Bernard et moi ne lui connaissions pas d'ami.

« Le lendemain matin, je me suis demandé si je reverrais Kim, maintenant qu'elle était payée, généreusement dédommagée de notre départ, et qu'elle n'avait plus rien à gagner à revenir travailler. J'ai eu la surprise de la voir arriver du marché en milieu de matinée avec son panier de courses pour préparer le déjeuner. Elle m'a bientôt servi son menu préféré, pas le mien, le seul plat qu'elle savait cuisiner, à la table du salon où Bernard et moi avions pris presque tous nos repas : en entrée, quelques radis roses, dodus, savoureux, avec une noisette de beurre et du gros sel ; puis une omelette toujours trop cuite, accompagnée de grandes feuilles de laitue bizarrement assaisonnées de nuoc-mâm ; un yaourt au sucre de fabrication locale et, en guise de dessert, la salade de papaye mûre, ramollie et comme macérée, que je trouvais à la fois délicieuse et écœurante, presque répugnante, évoquant la putréfaction. Parfois, à la place de la salade de papaye, Kim nous servait des glaces mystère qu'elle se procurait je ne savais où ni comment – c'était là le vrai mystère. Elle les posait devant nous sans un mot mais avec un léger sourire, comme si elle avait conscience de nous faire une sorte de blague ou de nous accorder une faveur.

« En ce jour exceptionnel, peut-être voulait-elle me remercier de ma générosité, j'ai eu droit à la salade de papaye *et* au mystère.

« Kim m'a ensuite apporté l'habituelle tasse à thé ébréchée, au bord décoré d'un mince liséré doré presque effacé à force de lavages, au flanc couvert d'une guirlande de roses aux couleurs passées, cette vieille tasse désuète remplie d'eau bouillante. Posés à côté d'elle sur l'unique plateau de bois de la maison, il y avait comme toujours un sachet d'infect Nescafé, l'étrange sucrier en argent, rescapé d'un luxueux service inconnu, qu'elle avait trouvé je ne sais où, peut-être dans un des placards Art déco du salon, et une petite cuillère elle aussi en argent, au manche branlant en bambou, qui ne devait guère être plus récente que le sucrier ou la tasse.

« J'ai ressenti un léger pincement au cœur en comprenant que je ne reverrais jamais ces objets dépareillés issus d'une époque révolue et qu'ils allaient sûrement disparaître à leur tour dans la tourmente annoncée, nous dit Marco. Puis j'ai eu honte en constatant que je m'y étais attaché à mon insu, que ces trois humbles choses – la tasse, le sucrier, la cuillère – avaient ce pouvoir sur moi, une emprise inattendue, que j'ai d'abord jugée ridicule, au beau milieu de la guerre, alors même que je venais de vivre une expérience que je ne comprenais pas, mais dont je sentais qu'elle avait déclenché une sorte de séisme en moi. Je les ai regardés, alignés comme un rébus sur le bois abîmé du plateau apporté depuis l'office par Kim : chacun avait un passé qui lui appartenait en propre, chacun racontait muettement son histoire, plusieurs histoires dont il avait été le témoin, mais que je ne connaîtrais jamais. Je savais seulement que ces trois récits aboutissaient ici, sur le plateau, en ce jour de départ. Ils étaient liés à des fortunes coloniales fondées sur l'exploitation du pays et de ses habitants, liés aussi, j'en avais la certitude, au rêve arrogant et fou de reconstituer ici, en Asie du Sud-Est, le mode de vie luxueux de la bourgeoisie française de la première moitié du siècle : si l'on avait construit à Dalat une réplique de la gare de Deauville, comme si la mer était à deux pas et que les riches Parisiens se retrouvaient là pour le week-end, pourquoi ne pas imaginer de fastueuses réceptions mondaines ayant pour cadre une copie à l'identique du palace Normandy Barrière, entre la plage et le champ de courses ? De ces rêves grotesques restaient quelques villas, la gare pimpante et, sagement posés devant moi sur le plateau en bois, ces trois rescapés.

« J'ai versé le contenu du sachet de café dans l'eau chaude de la tasse, ajouté une cuillerée de sucre, remué le tout en écoutant la rumeur lointaine des combats. Oui, j'ai d'abord eu honte de mon apitoiement, de ma faiblesse ; puis j'ai lentement compris que je ne regrettais pas un luxe frelaté, que je ne cédais ni à la nostalgie ni à des mirages de parvenu. Simplement, lors de cette brève pause que je m'accordais avant de quitter pour de bon le décor kitsch de la station climatique, ces trois objets insignifiants se liguaient pour m'arracher au présent, me rendre conscient des mois que je venais de vivre sous ce toit en leur compagnie discrète mais fidèle, en même temps que des décennies qu'eux-mêmes y avaient traversées avant moi. C'étaient ces deux épaisseurs temporelles, l'une liée à mon séjour ici, l'autre évoquant une période antérieure, qui suscitaient mon émotion, comme si ces objets qui se trouvaient sous mes yeux et occupaient une portion d'espace bien définie incluaient aussi le temps, étaient des concentrés visibles du passé, semblables à des fossiles ou à ces insectes prisonniers d'un bloc d'ambre qui nous parlent à distance d'une vie à la fois disparue et embaumée. J'ai repensé confusément au couloir rougi de sang, à la salle d'hôpital nue et silencieuse où j'étais resté auprès de Michel V., quelques secondes ou bien des heures. »

Marco se tut. Troublé, il chercha ses mots, sans même penser à boire une gorgée de sancerre. Il se passa une main devant les yeux, dans les cheveux, puis il continua d'une voix que cette remémoration de souvenirs enchâssés dans le souvenir faisait trembler :

« Je ne sais pas le dire autrement, mais à cet instant, assis pour la dernière fois à la table du salon, il m'a semblé que la réalité n'avait ni commencement ni fin, qu'elle se créait et se détruisait sans cesse, en permanence, que de rares points fixes – la tasse, le sucrier, la cuillère, le couloir rouge – en assuraient seuls la continuité, la cohérence fragile, précaire. Comme nos souvenirs, ces objets ou ces lieux sont des ponts, des souterrains ou des passages secrets, les seuls ancrages sûrs. Ils ravaudent, réparent en permanence le mince tissu qui menace de se déchirer et que nous prenons à tort, par facilité et paresse, pour la substance compacte, irréfutable, de la réalité commune… »

Il se tut encore. Ses deux index lissèrent ses paupières à partir de l'arête du nez, puis ils allongèrent, étirèrent vers les tempes ses yeux mi-clos et les bridèrent presque, accordant à ses traits une inquiétante expression asiatique, qui me fit sursauter comme s'il nous révélait sans un mot un aspect caché de sa personnalité, peut-être le fond de son être. Les coudes posés sur la table, les index plaqués contre les tempes distendant ses paupières réduites à deux fentes où flamboyaient ses prunelles, il resta longtemps ainsi face à nous, peut-être pour nous provoquer, nous proposer une nouvelle énigme. Puis ses mains retombèrent, le masque asiatique disparut et il dit lentement : « Je dois poursuivre. »

Vuong posa alors la main sur le bras de Marco, qui se tourna vers lui avec étonnement, comme tiré d'un rêve. Quand Vuong ouvrit son autre paume sur la nappe blanche, nous regardâmes tous les quatre ce qu'elle cachait : une cuillère à café en argent, au manche taillé dans un bambou au vernis écaillé. Ce manche branlant, désolidarisé de la tige métallique qui le prolongeait, faisait un léger angle avec celle-ci.

« Je l'ai toujours dans ma poche le premier samedi du mois, dit Vuong à son ami, quand tu viens dîner ici. Je ne sais pas pourquoi. C'est un rituel. Pour moi, cette cuillère est le passé.

— Oui, c'est vrai, je l'avais presque oubliée. »

Marco nous regarda.

« Ce jour-là à Dalat, avant de partir, ç'a été plus fort que moi. Je me sentais fatigué, déboussolé par les événements qui s'annonçaient, mais surtout par ce que je venais de vivre à l'hôpital. Ces trois objets apportés par Kim après mon déjeuner étaient des concentrés de temps et j'ai soudain eu envie d'en garder un. Sans réfléchir, j'ai pris la petite cuillère à café et je l'ai glissée dans la poche de ma veste en jean. Tu as raison, Vuong, cette cuillère est le passé. C'est le seul objet que j'ai rapporté du Vietnam, ou plutôt, comme vous verrez, l'un des deux seuls. Loin d'être un "souvenir" acheté par un touriste dans une boutique – pour se souvenir de quoi, bon Dieu, sinon de son prix et de la boutique où on l'a payé ? –, il me rappelle une perception du temps qui va à l'encontre de nos habitudes.

« Trois jours après mon larcin, Vuong et moi nous sommes croisés par hasard dans un bistro de Saïgon. Il avait décidé de quitter Dalat pour tenter sa chance en France, à Paris. Je ne sais pourquoi, ou plutôt si, afin de sceller notre amitié, je lui ai donné cette cuillère abîmée en lui expliquant rapidement l'importance qu'elle avait à mes yeux. Tu as alors souri devant ta bière, Vuong, comme si tu comprenais mes paroles malgré leur confusion. Et maintenant, plusieurs décennies après que je t'ai offert un cadeau que certains trouveront sans doute ridicule, cet objet à la fois dérisoire et irremplaçable se charge d'une nouvelle histoire, celle de notre amitié.

« Mais je suis loin d'avoir fini. Il faut reprendre si nous ne voulons pas passer la nuit ici. »

D'un geste machinal, Marco se mit à caresser doucement, avec précaution, l'humble et précieuse petite cuillère. Il vida son verre de vin, que Vuong remplit aussitôt. Nous suivions des yeux les doigts attentionnés qui tâtonnaient avec délicatesse sur le bambou et l'argent, sûrement pour ne pas les endommager davantage, mais aussi, me sembla-t-il, afin de reprendre contact avec certaine « épaisseur de temps » accumulée, chargée, disponible dans ces matériaux comme dans un fétiche vaudou ou quelque objet magique.

Marco but une autre gorgée avant de s'éclaircir la voix.

« Je terminais mon café au salon quand j'ai entendu klaxonner sur le boulevard, devant la maison. Par la fenêtre, j'ai avisé une vieille camionnette Citroën à la peinture bleue écaillée, délavée par le soleil, aux ailes éraflées, aux pare-chocs cabossés. Le plateau bâché semblait chargé d'une multitude de caisses. Un homme d'âge mûr, râblé, aux cheveux poivre et sel coupés ras, vêtu d'un ample pantalon gris au pli impeccable et d'une chemise blanche à manches courtes, est descendu du véhicule. D'un pas lourd, il s'est approché de la porte du jardin et a sonné deux fois, longuement, avec insistance. Je suis allé lui ouvrir, nous avons échangé une poignée de main virile. Je l'ai senti nerveux, aussi inquiet et impérieux que ses coups de sonnette.

« J'avais espéré que Lucien m'aiderait à transporter ma lourde malle jusqu'à son véhicule, mais il n'en a rien fait, sans doute convaincu que la frêle Kim était payée pour cela et qu'un Blanc ne devait jamais s'abaisser à travailler devant un autochtone, même s'il s'agissait d'une jeune Vietnamienne aux bras fluets. Elle, qui avait déjà descendu la malle avec moi depuis le premier étage, en a repris l'une des poignées métalliques sans rechigner tandis que je saisissais l'autre. Nous avons charrié cette bonne quarantaine de kilos de métal et de livres, depuis l'entrée jusqu'à la camionnette, avant de la hisser avec difficulté sur le plateau, sans la moindre aide du déménageur, lequel a simplement ouvert la bâche d'un geste désinvolte du bras, comme on lance un drap sur une corde à linge pour l'y étendre.

« J'ai dit au revoir à Kim et c'est au moment de partir, de tout laisser derrière moi, que je suis retourné dans la maison en courant, jusqu'au salon où le plateau de bois était toujours posé sur la table avec la tasse à thé, le sucrier et la petite cuillère. J'ai aussitôt empoché ceci (il brandit la cuillère sous nos yeux) avec le sentiment d'emporter tout un pan du passé.

Je l'ai prise à ce moment-là ou bien un peu plus tôt, après le déjeuner, ainsi que je vous l'ai dit il y a une minute ; je ne sais plus au juste quand, tout est allé si vite et, au fond, peu importe. Puis j'ai redescendu les marches du perron quatre à quatre et traversé une dernière fois le jardin abandonné vers le boulevard. Adossé à sa camionnette, les bras croisés, Lucien m'a fusillé du regard en grimaçant, comme si je venais de lui gâcher sa journée. J'ai encore adressé un sourire et un signe de la main à Kim, avant de monter dans la Citroën.

« La banquette en cuir était usée, rafistolée avec du ruban adhésif qui se décollait. J'ai senti sous mes fesses l'armature métallique du siège et cherché des yeux un coussin, en vain. Le tableau de bord incrusté de poussière et de crasse accueillait un capharnaüm stupéfiant : feuilles de papier jaunies couvertes de griffonnages à peine lisibles ; vieilles factures tachées d'huile ou de cambouis ; calepins gondolés décolorés par le soleil, aux pages écornées, mille fois tournées d'un pouce sale ; crayons ou plutôt moignons de crayons mâchonnés, à la mine cassée, au vernis craquelé ; menue monnaie jetée en vrac parmi des billets froissés de cinquante piastres. J'ai baissé les yeux vers mes pieds et aperçu l'asphalte à travers des trous du plancher rouillé, aminci par endroits en une dentelle friable. Le pare-brise était moucheté d'insectes écrasés, le volant recouvert d'une gaine caoutchoutée beige virant au noir là où les mains du conducteur s'y posaient, et tout le pourtour de cette gaine s'effritait en menus copeaux, telle une peau qui pèle. Le cendrier ouvert débordait de mégots grisâtres. Près de moi sur la banquette, j'ai avisé un paquet entamé de Gitanes bout filtre ; sur l'emballage, la silhouette noire et cambrée de la danseuse de flamenco brandissait son tambourin devant des volutes de fumée bleutée. Cette danseuse m'a brutalement ramené en France ; comme l'avant-veille à l'hôpital, je me suis senti perdre pied, dériver, partir très loin, vers Paris, dix ans plus tôt. Cette fois, c'est une nébuleuse d'images et de mots anciens qui m'a irrésistiblement entraîné et fait oublier la camionnette crasseuse : *gitane*, *éthane*, *méthane*, *propane*, les mégots fumant dans le cendrier de mon père ingénieur chimiste, la puanteur du filtre marronnasse et cotonneux se consumant à petit feu, les murs et les tableaux de notre appartement jaunis de nicotine ; le fin semis de cendres grises maculant le fauteuil où il s'asseyait d'habitude pour lire le journal ; mon dégoût de la Gitane, ma méfiance ultérieure envers le flamenco. Le poing de la danseuse s'abat sur la peau du tambourin, la portière claque dans un grand ferraillement de tôles disjointes.

« Lucien est au volant. Il fait démarrer le moteur asthmatique, puis pétaradant. Nous partons. Je quitte Dalat pour de bon. Nous longeons le miroir gris du lac bordé de pins qu'aucun vent n'agite. Les hélicoptères militaires font du sur-place à vingt ou trente mètres d'altitude au-dessus du plan d'eau en attendant de se poser à l'hôpital. J'essaie de retrouver des bribes de ce que j'ai vécu là-bas, mais je n'y ai plus accès ; un immense à-plat rouge et des bandages blancs se dressent devant moi, me repoussent, m'excluent, me tiennent à l'écart de ma récente expérience. Le rouge et le blanc disparaissent soudain parmi le vert et le brun des pins, le noir des hélicoptères, le bleu du ciel, sans que je réussisse à établir le moindre contact avec ce pan du temps sorti de ses gonds, escamoté de ma mémoire. Chaque fois que j'aperçois le lac entre deux villas, par l'échappée d'une rue ou d'une allée ombragée, quelques couples d'amoureux, protégés du soleil par un parapluie ou une ombrelle, s'alanguissent en barque près des pontons et des estacades, comme si les blessés et les morts ne les survolaient pas, comme si les tourtereaux restaient sourds et aveugles au vacarme de la guerre qui rugit dans le ciel, plaque sur l'eau de violentes risées frangées d'embruns. La camionnette brinquebale sur un nid-de-poule, la carte postale vole en éclats. »

Marco se tourna vers Vuong, qui continua de le regarder fixement, sans qu'aucun muscle de son visage ne tressaille.

« Tu comprends ce que je veux dire, toi ? Tu as vécu là-bas, je te croisais souvent au marché couvert ou dans un de ces petits cafés tranquilles au bord du lac où nous bavardions à cœur ouvert en jouant aux cartes ou au mah-jong. Nous sommes devenus amis et, en ce lointain mois de mars où ton pays a changé de mains, tu as décidé de partir à l'étranger pour la première fois de ta vie, sans savoir quand tu reviendrais. »

Le Vietnamien acquiesça d'un léger signe de tête.

«Lucien était pire qu'un goujat, reprit Marco. Nous longions les derniers pavillons de cette exposition coloniale inversée où les peuplades indigènes auraient été celles des provinces françaises, parquées et disséminées dans ce grand jardin public entourant le plan d'eau – ici le Berry, là-bas la Normandie, plus loin le Pays basque, les Landes et la Bourgogne, la Provence tout au fond, la Savoie à gauche, devant l'Auvergne, et ainsi de suite dans la violente contraction de la géographie hexagonale à laquelle se réduisait Dalat –, quand il m'a informé qu'il était né ici de parents corses, qu'il y avait toujours habité une villa basque à colombages, qu'il méprisait les niakoués, soit tous les Vietnamiens, et plus largement les Asiatiques, qu'il les considérait comme des sous-hommes, seulement bons à être des domestiques ou des putains, encore fallait-il les surveiller de près, a-t-il ajouté, car leur fourberie était sans égale.

«J'ai très vite eu l'impression d'une caricature du vieux colon raciste, d'une incarnation saisissante, exemplaire et répugnante, de la croyance en tous les clichés poussiéreux liés à la prétendue supériorité d'un peuple sur un autre. On dit volontiers que, pour comprendre un pays étranger ou un être humain, il faut se débarrasser des clichés, aller au-delà des stéréotypes. Mais parfois, on a beau scruter longuement et avec attention la réalité d'un pays ou d'un individu, il arrive que cette réalité concrète, les messages incontestables de nos sens, les conclusions de notre esprit confirment tous ces clichés et les images d'Épinal en vigueur. Je ne dis pas que c'est toujours le cas, loin de là ; mais lorsque nous sommes contraints de la constater, cette adéquation flagrante, tantôt agréable, tantôt – comme dans le cas présent – consternante, nous prend au dépourvu, elle nous déstabilise, elle coupe en quelque sorte l'herbe sous le pied de notre perspicacité, elle réduit à rien notre sagacité et nos efforts, tant la vérité se révèle finalement conforme au préjugé paresseux. Moi qui venais de passer plusieurs mois dans une bourgade déjouant toutes mes attentes, décevant mes images préconçues de l'exotisme, j'étais soudain confronté à la caricature, outrée, excessive comme toutes les caricatures, mais bien réelle, à laquelle cet homme semblait se réduire et adhérer de tout son être avec un enthousiasme béat, une sorte de bonhomie nonchalante. Lucien était le portrait craché d'un mythe, il sortait d'une gravure de Daumier, ou plutôt d'un dessin de Reiser.

« "J'ai beaucoup d'affection pour Jean", m'a-t-il confié d'un ton pénétré tandis que nous cahotions à une allure d'escargot entre les deux murs de la jungle, d'où je m'attendais à voir enfin sortir un éléphant ou un tigre. "Ce gars-là me plaît bien. Oui, il est fiable, franc du collier. On a fait les quatre cents coups ensemble et pas mal d'affaires juteuses." J'ai pensé à mon colt .45, puis à l'arsenal que Jean conservait chez lui et qui à présent se trouvait peut-être dans une des caisses derrière mon dos. Je me suis demandé si Jean n'avait pas acheté toutes ses armes à Lucien, y compris celle qu'il m'avait vendue. "Ouais, Jean est un jeune métropolitain sympa, réglo malgré ses mauvaises habitudes, son sale caractère, ses fréquentations… toutes ces filles qui viennent chez lui, qui *venaient* chez lui. Comment il fait pour pas choper la chtouille ? Avec tout ce qu'il tire comme niakouées… Moi j'ai toujours sauté que des jeunes, des débutantes, des innocentes, y a moins de risques, tu vois, mais surtout pas les professionnelles, ces traînées formées chez les Ricains."

« Constatant mon silence, il s'est tu. Nous avons roulé quelques minutes, dans le tintamarre métallique de la camionnette ; puis il a repris, comme si cette pause lui avait permis de rassembler ses pensées :

« "Faut que je te dise un truc, ou plutôt deux : primo, ce soir on fait étape chez des amis à moi, qu'ont une plantation de thé à mi-chemin de Saïgon. Un couple de Français que je connais depuis un bail. Leurs parents étaient amis des miens. T'as intérêt à te tenir à carreau. Tu restes avec moi, tu fais tout ce que je te dis, tu mouftes pas. Tu gardes profil bas, tu m'obéis. Sinon, t'auras affaire à moi. Pigé ?

« — Vous avez peur de quoi ? ai-je protesté avec colère. Que je les insulte ? Que je les vole ? Que je drague la patronne ? Ce n'est pas mon genre. Vous ne me connaissez pas. Je comprends que vous soyez inquiet avec tout ce qui se passe, mais ce n'est pas une raison pour me crier dessus."

« Ensuite, pour l'embêter, je lui ai demandé :

"D'ailleurs, vous comptez faire quoi quand les troupes du Nord se seront emparées de tout le Sud ? Rester à Dalat ?"

« Il s'est muré dans le silence durant une bonne minute, avant de me dire, bougon : "Ça te regarde pas, ce que je ferai après. Depuis le temps que je bourlingue ici, je connais des gens partout, j'ai les relations qu'il faut, je sais me débrouiller, va, tu peux me croire."

« Lucien a pris une grande inspiration ; puis, comme si quelqu'un, quelque part, venait d'appuyer sur un bouton, il s'est mis à baragouiner très vite en vietnamien, déblatérant pour lui-même, certain que je ne comprenais rien à son monologue dans cette langue qu'il maîtrisait apparemment et dont les tonalités chantantes se teintaient d'une véhémence toute personnelle. Il m'a semblé s'indigner contre des gens ou des événements passés, des injustices qu'il aurait subies ; ou bien, à l'inverse, il évoquait des bons moments, des rencontres agréables, des coups de chance inespérés. Il palabrait tout seul pour décider ce qui l'emporterait finalement, du bon ou du mauvais, du hasard heureux ou de la poisse tenace, pour choisir qui avait raison dans le contrepoint furieux de cette plaidoirie schizophrène, où il jouait à la fois le rôle du procureur indigné et celui du fougueux avocat de la défense. Dans cette langue modulée, ondoyante, la vindicte accusatrice et coléreuse alternait comiquement avec la pleurnicherie hypocrite ou l'emphase suppliante.

« J'ai pris peur en voyant Lucien, de plus en plus distrait, vociférer face au pare-brise criblé d'insectes, conduire d'une main désinvolte, agiter l'autre pour souligner un argument, lever parfois les bras en une sauvage imprécation. Il a multiplié les embardées, frôlé les ravins, mordu sur le bas-côté, évité d'un rien la première digue d'une rizière ou bien les véhicules venant en sens inverse. Il s'acquittait de ces manœuvres suicidaires avec une désinvolture affichée et peut-être experte, rodée et bouffonne, une sorte d'absence calculée au monde extérieur, tout en répétant les rôles d'une pièce de théâtre ou d'un procès imaginaire en vue d'une représentation future, devant un public vietnamien qu'il détestait d'avance. Et moi, spectateur captif assis sur ma banquette défoncée, j'assistais à cette répétition incompréhensible à laquelle je n'avais jamais été convié.

« Il s'est soudain tourné vers moi comme si je n'étais plus le destinataire de la pièce qu'il jouait dans une langue qu'il méprisait, feignait de mépriser, aimait tout en la méprisant – et, dans la foulée de ses vociférations, sans pause ni transition, il est repassé au français pour m'annoncer avec un sens époustouflant du raccord :

« "Je t'ai pas encore dit le deuxième truc. Y a une chose que j'apprécie pas chez Jean, c'est sa tignasse de pisseuse. T'as un peu la même, en brun. Peut-être qu'au fond, vous autres les hippies, z'êtes pas vraiment des hommes, seulement des gonzesses déguisées. Je t'emmène à Saïgon parce que t'es un ami de mon pote, mais ça s'arrête là. Espère rien d'autre. J'ai pas envie de t'aider plus que ça.

« — Merci, Lucien, lui ai-je répondu en regardant la jungle défiler par la fenêtre.

« — Tiens-toi à carreau si tu veux pas d'embrouille", a-t-il cru bon d'ajouter.

«Nous avons roulé une heure en silence. Il faisait de plus en plus chaud, nous descendions lentement des hauts plateaux vers les vallées cultivées. La jungle a fait place aux champs et aux rizières, où des paysans s'activaient en pantalon de soie noire et chapeau de paille conique, une autre carte postale, mais celle-là, je ne l'avais pas encore vue pour de vrai. Des avions à réaction passaient très haut dans le ciel bleu, des hélicoptères volaient plus bas, parfois au ras des collines.

«Au détour d'un virage, dans une campagne paisible, presque idyllique mais soudain déserte, nous avons avisé un barrage de l'armée à deux cents mètres devant nous sur la route: une simple chicane aménagée à la va-vite avec deux ou trois chevaux de frise couverts de barbelés, un obstacle seulement destiné à faire ralentir les véhicules dans les deux sens. À droite, sur une pente toute proche, des soldats dépenaillés, à l'uniforme kaki déboutonné, marchaient lentement, en ordre dispersé, leur fusil-mitrailleur M16 se balançant au bout du bras, le casque rejeté sur la nuque, seulement retenu par la mentonnière. D'autres militaires postés près de la route, assis sur de gros bidons métalliques rouillés, se sont levés à notre approche, puis ils ont agité les bras pour nous ordonner de nous arrêter.

«"Merde, a lâché Lucien entre ses dents. Prends le flingue dans la boîte à gants. Planque-le dans ta ceinture. Le montre pas, mais tiens-toi prêt."

«Sans réfléchir, en m'interrogeant malgré tout sur le sens de ce "tiens-toi prêt", j'ai ouvert la boîte à gants, puis extrait le pistolet d'un fatras de vieux chiffons, de factures de garagiste, de notes de restaurant, d'emballage vides de barres chocolatées, de paquets de chewing-gums écrasés. J'ai pensé à mon colt .45, laissé à Dalat avec les boîtes de munitions, pour Kim. J'ai glissé l'arme dans ma ceinture, sous mon T-shirt, sans avoir la moindre idée de son fonctionnement. Lucien s'est garé sur le bas-côté devant la chicane. Les soldats débraillés, aux yeux cachés derrière les verres réfléchissants de grosses lunettes de soleil, ont aussitôt entouré la camionnette, l'examinant comme pour y chercher quelque chose. Lucien est descendu en disant : "Suis-moi." Je lui ai encore obéi en me demandant pourquoi, puis je l'ai rejoint à côté de la bâche. "Reste près de la Citroën, a-t-il ajouté. Fais gaffe qu'ils piquent rien. C'est des déserteurs. Ils ont buté leurs officiers."

« Les soldats ne parlaient pas français ; ils étaient sales, jeunes, surexcités, affranchis de toute discipline et de toute hiérarchie, bravaches et prêts à tout, mais sans en avoir encore bien conscience, comme s'ils n'avaient jamais combattu ni mis leur courage à l'épreuve du feu. Ils ont fait signe à Lucien de retirer la bâche en lui hurlant quelque chose en vietnamien. Il s'est exécuté en maugréant. Deux militaires imberbes, armés d'un M16 et d'un pistolet fixé à la ceinture, sont montés sur le plateau de la camionnette et ont ordonné au Français d'ouvrir les caisses. Ils le tenaient en joue, d'une main qui m'a paru fébrile, peu assurée. Je me suis inquiété pour de bon, j'aurais préféré avoir affaire à la rapacité de soldats aguerris, expérimentés, plutôt qu'à ces gamins plus jeunes que moi, qui jouaient aux durs pour impressionner les étrangers, mais surtout, m'a-t-il semblé, pour se convaincre eux-mêmes de leur vaillance.

« Le déménageur leur a tendu des billets de cinquante piastres, que les autres ont aussitôt pris ; puis il a entamé des explications en vietnamien, sans doute pour éviter d'ouvrir les caisses. Les soldats ont alors désigné une caisse en particulier, assez grande, fabriquée avec soin, suggérant un contenu de valeur. Ils ont menacé d'en faire sauter le couvercle d'une rafale de fusil-mitrailleur. Lucien a pris un trousseau de clefs dans sa poche, il a cherché et trouvé la bonne, qu'il a fait tourner dans le cadenas avant de laisser les pillards relever le couvercle. Du coin de l'œil, j'ai aperçu d'autres soldats, ivres ou drogués, qui s'approchaient de la camionnette d'un pas hésitant, faussement décontracté. Ils se sont penchés par la fenêtre de la cabine, des deux côtés. Déçus de ne trouver là aucun objet de valeur, ils se sont bientôt redressés, dégoûtés par les papiers sales, la poussière, le cambouis, les quelques pièces de monnaie – avant de descendre, Lucien avait empoché les billets froissés sur le tableau de bord. Ces militaires n'ont même pas pris le paquet de Gitanes, pourtant en évidence sur la banquette.

« La caisse ouverte au milieu du plateau contenait les armes que Jean avait sans doute achetées au transporteur avant de lui demander de les acheminer à Saïgon. Dépité, convaincu que toute résistance serait inutile et ne lui vaudrait que des ennuis, sinon une balle dans la tête, Lucien a fait signe aux soldats de se servir, de prendre ce qu'ils voulaient. Les deux déserteurs ont mis leur M16 en bandoulière pour transporter la lourde caisse jusqu'à la route et j'en ai alors aperçu le contenu : des crosses en bois ciré ou en plastique sombre, de longs tubes et fûts d'un noir mat alignés les uns contre les autres, deux ou trois trépieds métalliques, plusieurs grands étuis mystérieux en tissu gris bordés par des fermetures Éclair, des boîtes en carton multicolores, quelques pistolets enveloppés dans des chiffons, un lance-roquettes et ses grosses munitions effilées ressemblant à des quilles de bowling, plusieurs talkies-walkies emballés dans des pochettes plastique transparentes, quelques casques arborant les initiales U.S., de jolies boîtes en bois verni abritant sans doute des lunettes de visée ou des appareils de précision, toutes ces armes et munitions calées avec une multitude de pages de journaux et de magazines roulées en boule, compactées et coincées avec soin pour éviter tout heurt pendant le voyage et la manutention. J'ai reconnu la méticulosité maniaque dont Jean faisait preuve dans chacun de ses gestes, pour rouler un pétard, feuilleter un livre, préparer un cocktail, glisser une cassette dans sa chaîne hi-fi ou aligner quatre lignes de cocaïne sur un miroir.

« Les pillards ont rameuté les autres soldats dispersés au flanc de la colline, puis tous se sont mis à déballer ces pièces, ces boîtes et étuis sur le talus bordant la route. D'un signe de tête, Lucien m'a fait comprendre que c'était le moment de déguerpir. Aussi discrètement que possible, nous sommes remontés dans la cabine de la Citroën en prenant soin de ne pas claquer les portières. Lucien a lancé le moteur pétaradant, puis démarré, franchi avec précaution la chicane et les barbelés avant d'accélérer poussivement sur la route toujours déserte. Une trentaine de secondes plus tard, des rafales d'armes automatiques ont éclaté derrière nous. J'ai instinctivement rentré la tête dans les épaules en m'étonnant de ne pas entendre les balles siffler autour de moi, transpercer la mince carrosserie ou rebondir dessus avec le même *ping* bref et sec que dans les films de guerre. Mais ces tirs avaient apparemment pour seul but de fêter le butin inespéré, et non de supprimer deux témoins gênants, ni même de faire exploser notre réservoir d'essence ou de crever nos pneus. Nous avions, semblait-il, payé notre droit de passage.

« Lucien a pris le paquet de Gitanes toujours posé entre nous sur la banquette, il a maugréé : "Dieu merci, ces connards ont pas pris mes clopes", puis il a allumé une cigarette en aspirant avec délectation la fumée dans ses poumons. Une pensée chassant l'autre, il a ajouté : "Encore une chance que j'aie pas racheté à Jean ces pétoires que je lui avais vendues !" Il a abattu le poing contre le volant avant de lâcher un grand rire, comme s'il était ravi de son coup, immensément heureux d'avoir arnaqué son "ami". "J'en aurais été pour mes frais. On sait jamais de quoi ces enfoirés de Viets sont capables." Encore un coup de poing, cette fois contre le tableau de bord qui, sous le choc, a longtemps vibré, failli se démantibuler.

« "Ils auraient pu nous flinguer, discuter ensuite, tout me piquer !

« — Pourquoi ils l'ont pas fait ? ai-je demandé en songeant que, si par malheur les soldats avaient d'abord ouvert ma malle remplie de livres, la colère les aurait peut-être poussés à nous abattre avant d'examiner à loisir le contenu des autres caisses.

« — Aucune idée", a lâché Lucien d'une voix lugubre, comme si ma question l'obligeait à envisager une hypothèse désagréable, à laquelle il n'avait pas voulu réfléchir jusque-là.

« J'ai alors compris que c'était un faux dur, le genre de baroudeur ou de broussard qui connaît le pays, fréquente depuis trop longtemps toutes les parties en présence pour ignorer leurs points forts et leurs faiblesses, sait comment leur parler, négocier, trouver des solutions de compromis. Mais curieusement, Lucien avait peur de la mort. Comme un enfant, pire qu'un enfant, il ne voulait pas en entendre parler, et ma question naïve venait de réveiller ses craintes. Il a ajouté en chuchotant pour lui-même, d'une voix chevrotante : "Trop lymphatiques ou défoncés, les mecs. I' faisait trop chaud ou pas assez. Ils s'ennuyaient ou bien ils attendaient une plus grosse prise, un gibier de choix. Va savoir..." Il s'est tourné vers moi et s'est soudain écrié avec colère, en frappant encore le volant : "Tu fais chier avec tes questions ! Est-ce que je t'en pose, moi, des questions aussi connes ? En tout cas, ces armes nous ont permis de filer pénards. Merci, Jean."

« Nous avons de nouveau roulé en silence. Au bout d'un moment, Lucien s'est arrêté au bord de la route en marmonnant : "Faut que je remette la bâche. T'aurais pu y penser, bordel. Tu sers à quoi ?" Je lui ai proposé mon aide, qu'il a refusée d'un signe de tête rageur. Il a claqué sa portière pour bien me signifier son opinion. Je l'ai entendu bougonner tandis qu'il fixait les anneaux de la bâche aux crochets du plateau. Il est remonté au volant en claquant encore sa portière. Nous sommes repartis dans un air de plus en plus humide et surchauffé dont, contrairement à moi, il ne semblait guère souffrir.

« Ses gros doigts poilus aux ongles noirs et cassés ont bientôt pianoté un rythme allègre sur le volant. J'étais perplexe : comment pouvait-il passer aussi vite de la fureur à l'insouciance ? Il a allumé une autre Gitane et fredonné une mélodie rocailleuse. Au bout d'un moment, malgré ses fausses notes, j'ai reconnu une vieille rengaine de Charles Trenet, "Douce France". Notre mésaventure et ses colères récentes, dues à mon allusion à notre possible mort violente, puis à mon oubli de la bâche, étaient oubliées. Lucien rayonnait. Cette chanson d'un sentimentalisme béat, qu'entre deux bouffées de cigarette sa voix rauque et tonitruante massacrait allègrement, le comblait de joie. Mais cessant soudain de brailler "Douce France", qui était alors pour moi l'un des sommets de la mièvrerie musicale, il a paru changer de station de radio pour se remettre à hurler en vietnamien.

« Une vocifération bipartite a explosé dans la camionnette, un dialogue haletant entre deux interlocuteurs haineux qui discutaient âprement, échangeaient des flots d'invectives, des sous-entendus fielleux, s'apostrophaient, s'injuriaient, en venaient presque aux poings. Entièrement concentré sur ces partitions excédées qu'il tirait du néant et qui faisaient de lui le ventriloque de leur querelle, Lucien a oublié ma présence. Je n'étais même plus son unique auditeur, je n'étais plus rien pour lui. Le monde aussi avait disparu, anéanti par la rage de ces voix survoltées qui s'affrontaient à travers lui. Une fois encore, la camionnette déglinguée a tangué et zigzagué sur la route heureusement déserte en cette fin de journée. Nous frôlions fossés et rizières, dérapions dans l'herbe du bas-côté, multipliions les embardées, faisions de dangereuses incursions sur la voie opposée, tandis que le conducteur se livrait à ses facéties.

« Il a tendu un index comminatoire vers le pare-brise en vomissant ce que j'ai supposé être un flot d'insultes vietnamiennes salaces ; il a brandi le poing pour éructer une période enflammée, ponctuée de jurons et de postillons ; il a levé les bras au ciel en une mimique paniquée, bouche et yeux arrondis d'horreur, la tête soudain basculée en arrière, comme s'il contemplait un monstre terrifiant. Moi qui savais à peine conduire et venais d'acheter mon permis français au marché noir, j'ai failli le supplier d'échanger nos places, de me donner le volant. Mais il semblait coutumier de ces gesticulations de grand-guignol, de ces diatribes torrentielles qui jaillissaient tout à coup de ses lèvres dans cette langue haïe et malgré tout presque maternelle, qu'il entendait et pratiquait depuis l'enfance. Il était à la fois hors de lui et maître de son véhicule. Bref, l'autre Lucien, son envers théâtral, cette bête de scène installée aux commandes du tas de ferraille, savait faire deux choses à la fois : déclamer et conduire.

« Comme lors de sa première métamorphose, il est repassé au français sans crier gare, avec un naturel sidérant : le Lucien ventriloque stigmatisait sans pitié l'interlocuteur de son dialogue vietnamien, quand le déménageur français a repris les rênes du corps trapu bondissant, secoué de spasmes ; dans la foulée des insultes et des éructations grimaçantes, sans même prendre le temps de respirer, il a enchaîné brusquement en parisien gouailleur, pour m'avertir d'une voix calme et posée, comme si l'autre n'avait jamais existé et que j'étais toujours à la botte de mon chauffeur bipolaire : "Fais gaffe, on arrive."

« J'ai bondi sur mon siège, crié de surprise.

« "T'as les jetons ou quoi ? m'a-t-il aimablement demandé avec un bref regard méprisant.

« — Non, mais vous m'avez flanqué la trouille.

« — Au fond, t'es qu'une poule mouillée. Rends-moi mon flingue."

« J'avais complètement oublié le pistolet toujours coincé dans ma ceinture trempée de sueur. Je l'en ai extrait avec précaution, de peur de tirer un coup de feu par maladresse et de me blesser. J'ai imaginé des flots de sang inondant mon entrejambe, noircissant mon pantalon, faisant une flaque grandissante sur la banquette, dégouttant sur le plancher de la Citroën, sur l'asphalte. J'ai rangé l'arme dans la boîte à gants, avec les factures de garagiste et les emballages de chewing-gum écrasés.

« "On arrive, on arrive, on arrive…", a-t-il chantonné comme un crétin sur l'air de la *Traviata* en quittant tout à coup la route pour s'engager sur une piste de latérite creusée d'ornières. La Citroën a violemment cahoté, les pièces de monnaie ont valdingué sur le tableau de bord ; les calepins, les papiers sales et les moutons de poussière se sont envolés. J'ai entendu le pistolet cogner dans la boîte à gants, mon crâne a heurté la tôle ondulée du toit. Les caisses ont brinquebalé derrière moi sur le plateau. Lucien a enfin ralenti. À gauche et à droite, j'ai découvert de longues rangées de plantes, ou plutôt de gros buissons vert vif, entretenus avec soin, qui semblaient se prolonger très loin de chaque côté. Je me suis rappelé les planteurs de thé français dont Lucien m'avait brièvement parlé avant notre rencontre avec les déserteurs. Moi qui n'avais jamais vu le moindre théier, sinon peut-être au cinéma et sans savoir de quoi il s'agissait, j'en ai conclu que ces buissons, ces arbrisseaux ou ces arbustes au feuillage compact et bien taillé produisaient les fameuses feuilles odorantes qu'on faisait infuser dans l'eau chaude pour en tirer une boisson universellement appréciée, mais que je jugeais insipide, lui préférant les breuvages plus forts. »

Marco s'interrompit, tendit le bras vers la bouteille de sancerre pour remplir son verre et proposer un peu de vin à Vuong, qui secoua légèrement la tête. Il sortit un paquet de cigarettes de sa poche, interrogea du regard le patron du *Dalat*, qui acquiesça d'un simple battement de paupières, puis il alluma sa cigarette.

« Il était presque six heures du soir et le jour déclinait quand Lucien s'est garé devant une grande maison de style colonial, entourée d'immenses arbres tropicaux où des paons faisaient la roue parmi les frondaisons. Haute de trois étages, dotée d'une vaste galerie en bois à laquelle on accédait par un large escalier, cette villa m'a aussitôt rappelé les splendides demeures du sud des États-Unis où, jusqu'à la fin de la guerre de Sécession, les familles des riches planteurs blancs résidaient non loin de leurs champs de coton et des quartiers réservés aux esclaves.

« J'étais sonné, abruti, en descendant de la Citroën, mais Lucien semblait en pleine forme, ni fatigué ni gêné par la chaleur humide qui me collait la chemise au dos, m'empêchait de bien respirer, me rendait somnolent, nauséeux. Le déménageur s'est remis à siffloter horriblement "Douce France", puis il m'a ordonné de rester près de la camionnette. Sifflotant toujours, il a marché vers la galerie où j'ai remarqué une scène étrange, aussi théâtrale que les récentes improvisations délirantes de Lucien, mais moins bruyante, plus visuelle que sonore.

« Une grande femme blonde et mince se tenait au bord de la galerie couverte, les mains posées sur la balustrade, entre deux jeunes domestiques basanées en jupe noire et corsage blanc. Âgée d'une quarantaine d'années, elle avait un visage au teint crémeux, aux traits harmonieux mais fades, encadré d'une longue chevelure qui lui tombait d'un trait sous les épaules. J'ai remarqué ses yeux très bleus de poupée de porcelaine. Son ample robe d'un blanc immaculé descendait jusqu'à ses sandales tressées et dénudait des bras très pâles. Elle s'exprimait lentement, en français, face à un groupe d'une trentaine d'hommes, de femmes et d'enfants presque nus, à la peau marron foncé, qui en contrebas de la galerie me tournaient le dos et levaient la tête vers l'oratrice. J'ai pensé à un meeting politique, à une réunion de travail, à un cours d'alphabétisation. Mais peut-être s'agissait-il d'une séance d'informations liées aux derniers développements du conflit en cours.

« Lucien a gravi les marches de la galerie, salué discrètement cette femme qui lui a adressé un bref signe de tête en continuant de parler aux gens massés devant elle, à ses pieds. Puis le déménageur a franchi la double porte vitrée avant de disparaître dans ce que j'ai supposé être un salon.

« Sur la galerie, les deux domestiques basanées, habillées comme des soubrettes du XVIIIe siècle, jusqu'aux incongrus souliers vernis à talon mi-haut qui m'avaient d'abord échappé, tenaient chacune un grand panier rectangulaire muni de nombreux compartiments, où elles piochaient à intervalles réguliers. Obéissant aux ordres de la femme blanche, elles y prenaient de petits flacons, des tablettes métalliques, des tubes, des comprimés, des pommades, qu'elles tendaient ensuite par-dessus la balustrade vers les mains levées pour s'en saisir.

« J'ai deviné que c'était l'épouse du planteur et que, loin de haranguer cette modeste foule pour une raison quelconque, elle avait transformé cette partie de la galerie en cabinet de consultation improvisé : elle interrogeait l'un après l'autre tous ces gens rassemblés en contrebas, échangeait des gestes avec eux, car la plupart ne comprenaient pas le français. Elle établissait le diagnostic de chacun, puis procédait à la distribution des médicaments, ou plutôt elle disait à ses deux assistantes lesquels donner avant d'expliquer au malade, au blessé ou à la mère du bébé fiévreux comment les utiliser. Là encore, elle s'exprimait surtout par gestes, comptant sur ses doigts pour préciser le nombre de gouttes ou de comprimés, les heures auxquelles il fallait les prendre ou les administrer.

« Personne ne semblait remarquer ma présence. J'ai avancé jusqu'à la galerie, un peu à l'écart, pour mieux voir ces gens presque nus dont jusque-là j'apercevais seulement le dos. De taille moyenne, souvent musclés, les hanches entourées d'un pagne aux motifs colorés qui était leur seul vêtement, les pieds nus ou chaussés de sandales "Hô Chi Minh" à la semelle découpée dans un vieux pneu, les cheveux très noirs tombant sur les épaules des femmes comme des hommes, ils se tenaient là, immobiles et silencieux, parfois inquiets ou résignés, voire, pour certains, accablés. Il y avait des bébés tétant le sein de leur mère ou endormis contre sa poitrine dans un tissu entourant les épaules, passant dans le dos et noué sur le ventre, des enfants apathiques ou fébriles, des adolescents au regard brillant qui échangeaient parfois des clins d'œil, des couples soucieux qui se tenaient par la main, quelques vieillards voûtés, perclus de rhumatismes, appuyés sur des cannes noueuses ou sur une béquille métallique qui détonnait au milieu de cette foule issue d'un autre âge. Tous les hommes et les femmes valides paraissaient épuisés, comme s'ils venaient d'accomplir une longue journée de travail harassant sous un soleil de plomb. Certains enfants dormaient presque debout en attendant leur remède.

« Derrière eux, à une bonne centaine de mètres de la demeure coloniale des maîtres, au-delà d'une piste en latérite rouge bordée d'arbres majestueux où plusieurs paons se tenaient immobiles ou faisaient la roue jusque sur les plus hautes branches, j'ai aperçu une sorte de hameau : des huttes, des cases, des cabanes, quelques constructions plus vastes ; toutes avaient des murs en terre sombre ou en planches, aucune fenêtre, la porte étant la seule ouverture visible depuis l'endroit où je me trouvais, et un épais toit de chaume gris.

« Lucien est ressorti sur la galerie. Il m'a un instant cherché des yeux, je l'ai vu se rembrunir, serrer les poings, puis il m'a repéré en bas. Quand il a descendu les marches pour me rejoindre, j'ai cru qu'il allait m'injurier sous prétexte que je m'étais éloigné de la camionnette. Mais une fois à côté de moi, il s'est tourné vers la femme blanche et a pris un air admiratif, presque pâmé, qui lui allait comme un faux col à un canard. Il m'a dit à voix basse, en penchant la tête tout près de mon oreille pour que personne d'autre ne l'entende, l'imbécile se croyant peut-être au milieu d'une foule de curieux, avides de surprendre ses confidences : "Hortense, c'est la patronne. Une femme formidable. Tous les soirs, elle réunit ses employés malades pour les soigner, leur distribuer des médicaments gratuits. T'en connais beaucoup, qui se donnent autant de mal ?" Sans attendre ma réponse, il m'a saisi le bras et a dit plus fort : "Viens, que je te présente à mon ami Gérard. Le mari d'Hortense. On a grandi ensemble."

« Lucien m'a entraîné sur la galerie, où la "patronne" continuait sa consultation publique. J'ai franchi après lui la double porte vitrée donnant sur le salon. Dans la vaste pièce au mobilier cossu, j'ai aussitôt remarqué, en face de moi, le paysage immense qui s'étendait au-delà des grandes fenêtres du mur opposé et d'une porte vitrée semblable à la première : il y avait, tout près de la villa, un jardin minéral et sec où ne poussaient ni rosiers ni fraisiers comme à Dalat, seulement des plantes grasses, deux ou trois palmiers, quelques massifs de fleurs tropicales séparés par des allées de gravier blanc. Derrière la clôture en bambou délimitant le jardin, d'innombrables rangées rectilignes de théiers luxuriants, impeccablement taillés, occupaient tout l'espace jusqu'à l'horizon et peut-être au-delà. Ils s'étendaient à perte de vue à gauche comme à droite, baignant dans la lumière dorée du soir. Jamais, ni avant ce jour ni depuis, je n'ai vu une plantation aussi gigantesque, entretenue avec autant de soin. Je suis resté médusé, bouche bée, les yeux écarquillés de stupeur, devant ce spectacle qui m'a semblé invraisemblable et glaçant, comme si la terre tout entière, la diversité de ses paysages, de ses espèces végétales et animales se réduisaient soudain à la seule et unique culture du thé.

« J'ignore pourquoi ma main a alors plongé au fond de la poche de ma veste en jean, où elle a rencontré une tige froide prolongée d'un tube bosselé, rugueux. C'était la cuillère à café emportée au dernier moment, avant de quitter la maison de Dalat. Oui, celle-ci. »

Marco s'en saisit sur la table et la brandit en l'air, devant nous, comme une pièce à conviction ou la clef d'une chambre secrète.

« Merci à toi, Vuong, de l'avoir gardée toutes ces années. En ce jour lointain, quelque part entre Dalat et Saïgon, je suis longtemps resté figé, stupéfait par cette immensité monotone. Mais au contact du métal et du bambou au vernis écaillé, j'ai compris que cette cuillère, la tasse ébréchée et le sucrier que Kim m'avait tous les jours apportés sur son plateau en bois avaient sans doute appartenu aux parents du planteur ou à des amis de ceux de Lucien, en tout cas à des colons français aussi fortunés qu'eux. Le passé, incarné par le petit objet caché au fond de ma poche, n'était plus inaccessible, relégué dans le souvenir ; il s'offrait là, sous mes yeux, autour de moi, inchangé, partout visible et palpable. La propriété où je venais d'arriver n'était pas une reconstitution historique ni un musée destiné aux visites, mais une exploitation agricole qui semblait avoir survécu intacte à des décennies de guerre. Si les générations humaines s'étaient succédé comme partout ailleurs, le décor planté au début du XXe siècle ou plus tôt encore n'avait en rien changé. J'ai eu l'impression soudaine, la certitude même, que la camionnette de Lucien ne m'avait pas seulement transporté jusqu'à notre étape pour la nuit, mais surtout vers une époque révolue, jalousement conservée, choyée, préservée du reste du monde. Les soubrettes encadrant leur maîtresse sur la galerie n'étaient ni déguisées ni affublées d'un costume dans une pièce de théâtre appartenant à un répertoire ancien, elles ignoraient que d'autres pièces s'étaient jouées depuis et s'inventaient chaque jour; elles pensaient, ces jeunes femmes à la peau bistrée, presque noire, que c'était ainsi que de toute éternité les Blancs habillaient leurs domestiques. Seule Hortense, la patronne, avait conscience de cet anachronisme pervers.

« Face au paysage policé, dont la géométrie implacable rappelait une gravure dans un traité de perspective de la Renaissance, j'ai aussi compris que j'étais le dernier visiteur de ce monde apparemment éternel, hors du temps, néanmoins voué à disparaître bientôt. Durant mon bref séjour là-bas, je n'ai jamais su si les maîtres s'en doutaient seulement. Ils semblaient continuer de vivre comme si de rien n'était, convaincus que, leur univers ayant déjà résisté à plusieurs conflits brutaux et meurtriers, il traverserait aussi cette guerre sans coup férir. Mais peut-être avaient-ils déjà pris leurs dispositions et, comme Lucien, croyaient-ils posséder un réseau de relations "au plus haut niveau" qui leur permettrait de passer entre les gouttes ou plutôt d'essuyer sans trop de casse la violente tempête tropicale qui s'annonçait. Aucun préparatif de départ n'était visible. Lucien, le déménageur, leur rendait une simple visite amicale, non professionnelle. Il paraissait toutefois évident que les communistes, qui allaient très vite occuper tout le sud du pays jusqu'au delta du Mékong, verraient d'un mauvais œil leur mode de vie et l'étendue de leurs terres. Il y aurait confiscation, emprisonnement, expulsion, voire pire.

«J'ai enfin compris ce que j'aurais dû remarquer beaucoup plus tôt, dès mon arrivée dans cette version franco-vietnamienne de Shangri-La : l'éternité avait un prix et ce prix était l'esclavage. La tribu des montagnards Moï dont j'avais vu certains membres se faire soigner par la patronne travaillait gratuitement sur la plantation. Ce peuple à la culture inchangée depuis des millénaires était désormais un peuple asservi ; leurs parents avant eux avaient été réduits en esclavage par ceux de Jean ou d'Hortense. N'ayant jamais rien connu d'autre que ce rapport servile avec les Blancs, ils ne pouvaient concevoir une société différente, fondée sur l'égalité, l'indépendance, le respect, la rémunération du travail. Deux ou trois générations soumises à l'esclavage devaient suffire pour inculquer à la dernière en date un sentiment de fatalité inexorable, la conviction qu'aucune autre vie n'était possible. J'ai repensé à ma première impression en découvrant la maison de maître, les rangées de théiers, le groupe d'indigènes presque nus rassemblés aux pieds de la Blanche à la robe virginale : j'étais au XIXe siècle dans le sud des États-Unis, parmi les champs de coton, les somptueuses demeures néoclassiques, les esclaves noirs et les maîtres blancs. Ici, il y avait des Français à la place des colons américains, des Moï à la place des Noirs ; sinon, tout était identique. Contrairement à ce que croyait Lucien avec son admiration imbécile, les soins médicaux prodigués par la maîtresse, loin de manifester sa générosité ou son dévouement envers ses prétendus employés, n'étaient qu'un moyen d'entretenir la force de travail de sa main-d'œuvre gratuite. Au fond de la poche de ma veste, mes doigts ont serré la cuillère à café.

« Plongé dans mes pensées, les yeux perdus dans le paysage, j'ai senti une brusque douleur au bras. Lucien venait de m'assener un coup de coude pour me ramener à la réalité en me disant : "Tu rêves, petit ?"

« Je me suis retourné vers le salon : plusieurs grands tableaux orientalistes, lourdement encadrés d'or, d'ivoire ou d'ébène, décoraient les fleurs passées du papier peint – un tigre attaquait un éléphant au milieu d'une jungle luxuriante, et j'ai enfin contemplé ces animaux sauvages, mais figés, domestiqués par un artiste scrupuleux, mais sans intérêt. En vis-à-vis de cette scène sanglante, de paisibles jonques et sampans aux lanternes allumées pour la nuit voguaient sur une mer d'huile où la pleine lune traçait son sillage argenté entre des îles escarpées. Plus loin, au-dessus d'une commode Louis-XV, c'était l'inévitable rizière au coucher du soleil, les paysans en chapeau conique et pantalon de soie noire longeaient les digues, rentraient au village en souriant et, pour certains, en chantant.

« Il y avait là tout un mobilier ancien et précieux, de style asiatique ou européen, dont le bois patiné luisait doucement dans la pénombre, ce qu'on appelle avec une nuance de respect ou de dérision "les meubles de famille". Des chaises au dossier doré et à l'assise capitonnée de velours rouge entouraient une grande table marquetée de nacre, d'acajou et de thuya ; un piano à queue légèrement poussiéreux trônait au fond de la pièce entre de hautes jarres laquées de noir. Une tête de lion empaillée, à la gueule ouverte dénudant des crocs jaunes, trônait au-dessus d'une cheminée ornementale, sans doute superflue. Sous le trophée, de profonds canapés en cuir et des fauteuils chesterfield faisaient cercle autour d'une table basse couverte de revues.

« Dans l'un de ces fauteuils, un quinquagénaire massif, rougeaud et presque chauve, vêtu d'un costume en lin beige clair et de chaussures bicolores bien cirées, lisait un exemplaire du *Figaro* vieux d'une semaine. Un verre rempli d'un liquide jaune où flottaient des glaçons à demi fondus était posé devant lui. Il s'est penché pour prendre le verre, les glaçons ont tinté, j'ai pensé "pastis". Comme le thé, je n'en buvais jamais. Décidément, cette demeure n'était pas faite pour moi.

« "Voulez-vous un 51, jeune homme ? m'a proposé le maître de maison d'une voix lasse.

« — Sans façon. Une '33', avec plaisir."

« L'homme s'est levé, m'a dévisagé, a regardé ailleurs, puis il m'a examiné longuement, sans vergogne, de la tête aux pieds, puis des pieds à la tête. Le général Guillebot, à Paris, m'est revenu en mémoire. Même incrédulité, même mépris à peine caché. L'espace d'un instant, j'ai imaginé que le planteur se croyait au marché aux esclaves, qu'il envisageait de *m'acheter*, que Lucien m'avait amené ici pour me vendre à son vieil ami Gérard. Lequel s'est alors tourné vers le déménageur, qu'il a interrogé du regard comme s'il était dérouté par cette marchandise médiocre qu'on lui livrait. À sa mine perplexe, désapprobatrice, j'ai compris qu'il voulait simplement savoir ce que je faisais là, sous son toit, au milieu de ses impeccables rangées de théiers, de ses tableaux orientalistes, de son précieux mobilier de famille, avec mes cheveux longs et ma veste en jean, nous dit Marco.

« "C'est un jeune coopérant militaire de Dalat. Son lycée est fermé. Je l'emmène à Saïgon pour qu'il se fasse rapatrier", s'est presque excusé mon chauffeur, soudain aussi penaud qu'un élève pris en flagrant délit de tricherie.

« L'autre s'est adressé à moi : "Très bien." D'une voix de stentor, il a lancé : "Une bière, Susanne !" puis demandé à Lucien : "Toi, c'est un 51 comme d'habitude, je suppose", et il s'est encore écrié : "Un autre jaune, Susanne ! Apportez donc la bouteille, tant que vous y êtes, avec un seau de glaçons et de l'eau bien fraîche…" Puis il a ajouté sur le ton de la dérision : "S'il vous plaît !"

« Le sentiment d'être au théâtre ne me quittait pas, surtout à cause de l'autre pièce lugubre qui continuait de se jouer à deux pas, sur la galerie, entre la maîtresse et ses esclaves qui ne connaissaient même pas le mot *esclave*. Les clichés s'amoncelaient, l'horreur feutrée encombrait l'horizon. Où était la sortie ? J'ai senti que je devrais encore patienter avant de l'entrevoir. Pour l'instant, il y avait seulement la cuillère à café, le couloir rouge, le caveau mortuaire.

« “Vous dormirez dans la chambre de notre fils parti faire ses études en France. Lucien occupe la chambre d'amis, celle qu'il a toujours connue.” J'ai mis du temps à comprendre que Gérard, le maître tout court, ce Guépard minable, plus hyène que félin, s'adressait à moi. Je l'ai remercié sans enthousiasme, en m'en voulant de bafouiller un peu.

« Une femme âgée est alors entrée d'un pas lent dans le salon, une Blanche très frêle, aux cheveux argentés, au visage ridé où brillaient deux yeux foncés en boutons de bottine. Habillée en noir de la tête aux pieds, elle portait non sans mal un lourd plateau qu'elle a posé en tremblant sur la table basse. Il y avait là le pastis de Lucien, la bouteille de 51, le seau de glaçons réclamé, la bouteille d'eau et pour moi une bière “33” décapsulée sur laquelle un verre renversé tenait en équilibre.

« Gérard a tendu le bras vers cette vieille domestique, et a dit sans me regarder : “Ma mère. Elle aime se rendre utile sous le toit familial. Pas vrai, Susanne ?” L'aïeule a opiné du chef en silence avant de quitter le salon à petits pas traînants. Gérard a eu un sourire mauvais, puis il a levé son verre et lancé d'une voix forte, en se tournant vers Lucien : “Santé !” — “Santé !” a répété le déménageur après s'être servi une bonne rasade de jaune. Ils ont trinqué comme si je n'existais pas. J'étais stupéfait : cet homme avait fait de sa propre mère sa servante et elle semblait s'en satisfaire.

« Hortense, la “bienfaitrice” de la tribu, est entrée au salon en poussant un grand soupir de soulagement. Sans remarquer ma présence, elle s'est laissée tomber dans un fauteuil, puis s'est écriée : “Je suis morte de fatigue ! Quelle chaleur ! Je vais prendre une douche. Le petit va mieux, il est tiré d'affaire, la fièvre est tombée, la mère est rassurée." À l'intention de son mari, elle a ensuite énuméré plusieurs cas médicaux, tous sur le chemin de la guérison, à l'exception d'une plaie qui s'obstinait à suppurer, puis elle a ajouté avec une fierté soudaine : "Pendant leur pause déjeuner, ils étaient beaucoup plus nombreux que la dernière fois pour mon catéchisme. Ma petite Loan, que j'adore, me sert d'interprète, c'est une fervente catholique, elle boit mes paroles comme du petit-lait et leur transmet son enthousiasme. Je lui donne chaque fois quelques piastres pour sa peine. Je tiens le bon bout. Mon Dieu qu'il fait chaud ! J'ai bon espoir de les convertir. Même s'ils sont fondamentalement animistes, leur religion n'est pas étrangère à l'idée d'au-delà, de prière, de divinité invisible. Ma robe est toute collante, c'est insupportable, mais je sens que je vais réussir. Il faut que je me change. Quand on croit que chaque animal, chaque arbre, chaque cours d'eau, le moindre lopin de terre abrite un esprit dont il faut se concilier les faveurs à force de sacrifices et de prières, il suffit de remplacer tous ces esprits païens par un seul Dieu pour devenir un bon chrétien, non ? Je me sens vraiment poisseuse. L'escalope de midi me reste sur l'estomac. Pourtant, je n'ai pas bu une goutte de vin. Et toi, ça va ? Tu as bien digéré ? Loan et moi allons les sauver, ce n'est plus qu'une question de temps. Quelle journée... Au fait, mon chéri, n'oublie pas, nous sommes attendus à la maison commune dans une heure. Après ma douche, je vais enfiler un pantalon, mettre des chaussures de brousse ; c'est très sale là-bas." Elle a bondi sur ses pieds, traversé le salon d'un pas altier et rejoint un grand escalier, qu'elle a gravi avec une énergie qui contredisait sa prétendue fatigue.

« "Merde, a lâché Gérard, j'avais complètement oublié. Tu parles d'une corvée ! Moi qui croyais passer une soirée tranquille devant la télé." Il s'est tourné vers Lucien. "Nos braves montagnards viennent de sacrifier le buffle rituel. Pas plus tard qu'hier. Ils ont fait un boucan infernal avec leurs tambours et leurs cymbales, leurs danses de Sioux et leurs transes de sauvages. Tu aurais dû voir ça, Lucien, ils étaient remontés comme des coucous suisses. À présent, ils organisent une petite fiesta autour d'une jarre d'alcool de riz pour fêter ça. Ils nous ont invités, on peut pas se défiler, c'est comme qui dirait di-plo-ma-tique", a-t-il ajouté sur le ton de l'ironie, en détachant bien les syllabes, avant de grimacer et de lever les yeux au ciel. Une porte a claqué à l'étage. "Toi et ton protégé, vous venez bien sûr avec nous. On dînera après. J'ai choisi une bonne bouteille à la cave et maman nous a préparé son civet de chevreuil, sa spécialité. Susanne a grandi en Alsace avant de s'installer ici, son père était chasseur, c'est lui qui dans les années 1920 a tué le lion dont tu vois la gueule rugissante au-dessus de la cheminée. Ça l'a sûrement changé des faisans et des lapins de garenne. Mais je t'ai déjà raconté tout ça cent fois. Et toi, quoi de neuf ?"

« Lucien a bu la moitié de son pastis avant de me dire, comme à son larbin : "Va chercher ta valise dans la camionnette. Prends aussi la mienne, tant que tu y es. Monte-les dans ta chambre, attends-moi là-haut. Gérard et moi, faut qu'on parle."

« Je lui ai encore une fois obéi en me maudissant de ne pas avoir rejoint Saïgon en avion ou en car. Depuis quelques jours, il n'y avait plus de place dans les DC3, pris d'assaut par les familles fuyant Dalat. Mais si j'avais su que Lucien était un pareil crétin, je me serais malgré tout arrangé pour monter dans un avion en graissant la patte d'un employé d'Air Vietnam. Rien de plus facile, je l'avais déjà fait, il suffisait d'y mettre le prix. Maintenant c'était trop tard. Je devrais supporter le déménageur jusqu'à Saïgon. Je suis allé chercher les deux valises sous la bâche de la Citroën, puis je suis retourné au salon. Gérard m'a dévisagé d'un air interrogateur, comme s'il ne me reconnaissait pas et se demandait d'où je sortais, ce que je faisais là. Il s'est bientôt ressaisi et a crié très fort : "Susanne ! Susanne ! Accompagne le protégé de Lucien à sa chambre !"

« La vieille dame est bientôt apparue au seuil du salon, une blouse bleue élimée de femme de ménage recouvrant ses vêtements noirs, puis elle a rejoint l'escalier sans un mot et je lui ai emboîté le pas avec les deux valises. Elle a lentement gravi les marches, toujours muette, le souffle court et la respiration sifflante, pendant qu'en bas j'entendais Gérard et Lucien chuchoter tels des conspirateurs.

« Une fois sur le palier, l'aïeule s'est engagée dans un long couloir aux murs tapissés de toile de jute, où s'alignaient des photographies noir et blanc, encadrées avec soin. La première montrait une brochette de coloniaux moustachus et casqués, souriant à l'objectif, en veste boutonnée et pantalon blancs, réunis sur la galerie de la maison un bon demi-siècle plus tôt. Susanne avançant d'un pas lent, j'ai eu le temps de regarder plusieurs de ces images. Je me souviens aussi d'une immense plantation d'hévéas où des employés vietnamiens au torse nu vidaient des godets de sève dans une grande bassine en métal pour en tirer le caoutchouc.

« Il y avait plus loin une photo datée de 1921 : le lac de Dalat avec ses estacades et ses pontons de bois sculpté, ses barques élégantes aux extrémités relevées en pointe, où des couples protégés du soleil par une ombrelle ramaient mollement. Les grands pins des berges, les bâtiments voisins, un clocher d'église et les gros cumulus, qu'on devinait figés dans un ciel paisible, se reflétaient sur le miroir du plan d'eau argenté. Jamais avant mon départ de France je n'avais imaginé le Vietnam ainsi, comme une image d'Épinal, préfecture vosgienne, où tous les restaurants de la ville où je devais séjourner serviraient seulement des cuisses de grenouille, des steaks frites, du poulet basquaise et un plateau de fromages. Face à cette photo où tout paraissait immobile, j'ai constaté que le lac, ses aménagements, ses environs, les barques, les couples et les ombrelles avaient déjà été là un demi-siècle plus tôt : les nouvelles barques étaient des copies conformes des anciennes et la même règle s'appliquait aux plaisanciers ainsi qu'à leurs belles passagères. Depuis sa création par les colons français, Dalat était une enclave hors du temps, une image immuable, une simple photographie, un authentique cliché, tout comme cette plantation et la maison de maître, alors que le chaos de la guerre approchait, menaçant de détruire à brève échéance la station climatique ainsi que l'horreur cossue qui régnait ici. J'ai pensé que les incessants conflits militaires qui avaient fait des dizaines de milliers de victimes dans ce pays depuis le début du siècle expliquaient et justifiaient en partie ce désir d'éternité, ce conservatisme fanatique qui, là-bas comme ici, interdisait le moindre changement, créait l'impression trompeuse d'une reconstitution historique, d'un diorama à visée pédagogique. Face à la violence et contre elle, pour l'exorciser, il avait fallu créer des abris, des refuges, des sanctuaires illusoires. Jamais le cliché du "havre de paix" ne m'a semblé plus dérisoire et pitoyable que devant cette image du lac de Dalat qui révélait l'essence même de ce lieu créé pour durer toujours ; mais d'un autre côté, il était touchant, puéril et émouvant, tel un précieux rêve d'enfant que la réalité se chargerait bien assez tôt de détruire. Une autre image, l'inverse de la précédente, son pendant atrocement coloré, rôdait sans cesse à la lisière de ma conscience, s'imposant parfois à moi sans avertissement pour me glacer – celle du mur rougi de sang.

« J'ai repris ma progression derrière la blouse bleue de Susanne. Presque au fond du couloir, je suis tombé en arrêt devant l'une des dernières photographies : l'agrandissement d'une carte postale d'autrefois montrait trois têtes décapitées, chacune posée dans un panier de tiges d'osier ou de rotin nouées lâchement, ces étranges cages aérées et rapprochées portant des écriteaux couverts de caractères chinois. La légende de la carte postale, imprimée en rouge, disait : "Tonkin : Têtes des artilleurs indigènes empoisonneurs exécutés le 8 juillet 1908, selon la loi annamite." Les deux visages encadrant le troisième étaient boursouflés, marbrés de coups, entaillés, difformes ; ces hommes aux yeux fermés, aux paupières gonflées, étaient indubitablement morts. Mais la tête décapitée du panier central était intacte, sans trace de blessure ni de coup, comme si on lui avait épargné les sévices infligés aux deux autres : ce visage calme appartenait à un bel homme, peut-être un jeune homme, aux longs cheveux noirs ramenés en arrière pour révéler un grand front, des pommettes hautes, des traits à la fois énergiques et délicats, une bouche sensuelle. Surtout, ce mort avait les yeux grands ouverts et un regard d'une force, d'une gravité sans égales. Tels les coloniaux paisibles et satisfaits que je venais de voir sagement campés en rang d'oignon sur la galerie de la maison de maître comme pour assister à un défilé militaire, il regardait l'objectif entre ses deux comparses morts ; mais son regard à lui avait une intensité provocante, inflexible, qu'on croise rarement chez les vivants. Cette tête décapitée a semblé me jauger, me juger, me défier. J'y ai vu un encouragement. J'ai eu envie de voler cette photo, nous dit Marco.

« Stupéfait de découvrir une image aussi macabre, étrangement belle, dans le couloir d'une maison bourgeoise, j'ai appelé la vieille dame qui m'emmenait à ma chambre : “Excusez-moi, mais savez-vous qui sont ces trois artilleurs indigènes ?”

« Susanne s’est retournée. Elle est revenue dans le couloir avec un petit sourire espiègle, comme si elle allait me raconter une bonne blague ou me jouer un tour de sa façon. J’ai même cru l’entendre rire sous cape. Elle s’est arrêtée devant la photographie, puis elle a longtemps contemplé les trois visages en hochant la tête et j’ai pensé qu’elle se félicitait sans doute d’avoir toujours la sienne sur ses épaules. Enfin, elle a levé vers moi ses petits yeux qui pétillaient maintenant de malice et elle a déclaré lentement, d’une voix grêle, pleine d’insinuations : “Des ennemis de mon père.”

« J’ai tâté la cuillère au fond de ma poche. Susanne s’est détournée sans rien ajouter. De son pas traînant, elle est repartie dans le couloir. Ce père avait tué le lion dont la tête et la crinière ornaient un mur du salon ; avait-il aussi tué, ou fait tuer, ces trois hommes ?

« “On y est”, m’a dit Susanne en poussant la dernière porte à droite au fond du couloir, avant de repartir sans un mot vers l’escalier. Je l’ai remerciée. Soudain paniqué, je suis entré avec hésitation dans ce qui devait être ma chambre pour la nuit.

« Il n’y avait pas de lit médicalisé au milieu de la pièce, ni de blessé allongé dessus. J’ai posé les deux valises. La lueur des étoiles pénétrait par une fenêtre laissée ouverte, que j’ai aussitôt fermée à cause des moustiques.

« Ma main a tâtonné le long du mur avant de trouver un vieil interrupteur circulaire en métal, dont j’ai abaissé la petite tige terminée par une minuscule boule métallique. Je n'avais pas manipulé ce genre d'interrupteur depuis l'école primaire. Poussait-on ici le culte du passé au point de ne rien changer à l'installation électrique d'origine ? Au plafond, une ampoule de faible puissance s'est allumée à l'intérieur d'un dragon rouge en papier de riz. Loin d'être nus comme dans l'autre chambre où j'avais veillé le moribond, les murs étaient couverts d'affiches de skieurs et de motards lancés à pleine vitesse sur une pente neigeuse ou un circuit de course. Au moins, me suis-je dit en pensant au fils de famille, en voilà un qui ne se complaît pas dans l'immobilisme, un qui a envie de bouger coûte que coûte, grâce à la force de la gravité ou à la puissance d'un moteur. Son géniteur ne m'avait-il pas déclaré que ce fils était parti vivre en France ? Contrairement à moi, lui avait trouvé la sortie.

«Je n'ai jamais eu de goût pour le ski ni pour la moto. J'ai néanmoins ressenti une sympathie soudaine envers ce garçon qui, peut-être à son insu, en se fiant à son seul instinct, avait pris le contre-pied de la tradition familiale et fui l'embaumement programmé. Je me suis demandé ce qu'il pensait de la photographie des trois têtes décapitées accrochée dans le couloir, presque en face de sa porte, s'il la trouvait aussi dérangeante que moi, rêvant de la retourner face au mur pour ne plus jamais être contraint de la voir en se levant le matin et en allant se coucher au milieu des pistes de ski et des circuits de moto.

«Je n'ai même pas ouvert ma valise. Je me suis allongé sur le dessus-de-lit en patchwork coloré, puis endormi en regardant le dragon rouge qui au plafond semblait saigner. »

Marco fit une pause, alluma une autre cigarette, se tourna vers Vuong :

« Je mangerais bien un mystère. S'il te plaît. En souvenir de Dalat. »

Le Vietnamien se leva, rejoignit la cuisine, revint bientôt avec une assiette où, à côté d'une cuillère qui n'était ni en argent ni en bambou, mais en banal acier inoxydable, se dressait la petite tour trapue et glacée, recouverte de brisures de praline. Vuong la posa devant Marco, qui le remercia d'un signe de tête, prit la cuillère et mangea une bouchée de glace à la vanille au cœur meringué.

« Ton mystère me semble bien sûr moins savoureux que celui de Kim, ma jeune cuisinière vietnamienne à l'époque, mais je te remercie. »

Il but une ou deux gorgées de vin, tira une bouffée de sa cigarette, nous dévisagea l'un après l'autre d'un air légèrement interrogateur, comme pour être bien sûr qu'il avait toute notre attention, puis il poursuivit dans le restaurant silencieux hormis cette voix exigeante, assurée, qui nous tenait tous les quatre en haleine, sous son charme :

« Je m'étais endormi dans cette chambre d'adolescent épris de vitesse. J'ai soudain senti une main me secouer rudement l'épaule. Lucien. "Réveille-toi, bon Dieu. C'est l'heure d'aller guincher avec les sauvages. Grouille !" Il a saisi sa valise, est sorti de la chambre.

« Je me suis frotté les yeux sans savoir où j'étais. Le dragon saignait toujours au plafond. Les acrobaties des skieurs et des motards casqués et bariolés m'ont donné le vertige. Qui étaient ces sportifs ? Que faisaient-ils ici ? Tous filaient à pleine vitesse et semblaient sur le point de tomber ; le photographe avait sans doute saisi leur dernier instant d'équilibre avant la chute, le corps désarticulé glissant, s'envolant, rebondissant, multipliant les sauts périlleux sur la neige dure ou le goudron. Je me suis encore frotté les yeux et demandé si ce n'était pas un seul et même homme qui, sur toutes ces images, accomplissait ses prouesses sous des déguisements différents. Puis je me suis rappelé le fils de famille : il s'agissait peut-être de lui slalomant, lui encore décollant sur une bosse, toujours lui penché sur son engin dans un virage, un genou frôlant la piste parmi d'autres concurrents tout proches adoptant la même posture risquée. Chaque fois, un casque empêchait de voir leur visage, ç'aurait pu être n'importe qui, des champions tous différents ou bien toujours le même participant à diverses épreuves. Je me suis souvenu que l'image du couloir montrait au contraire des visages d'hommes arrêtés, décapités par le bourreau, arrêtés dans leur existence même. En plus de préférer la vitesse à l'immobilité, le garçon qui avait punaisé ces affiches croyait-il l'anonymat plus désirable, moins dangereux que la vie à visage découvert ?

« La voix tonitruante de Lucien m'a appelé dans le couloir et je n'ai pas eu le temps de réfléchir à cette question. Je l'ai rejoint, j'ai descendu l'escalier derrière lui, nous avons retrouvé Gérard et Hortense au salon. La "bienfaitrice" portait à présent un pantalon gris, des chaussures beiges montantes de type Pataugas, très à la mode dans les années 1950, et un gilet couleur taupe boutonné jusqu'au cou. Craignait-elle donc tant de se salir ? J'ai remarqué que le niveau du pastis avait beaucoup baissé dans la bouteille et que Gérard somnolait dans son fauteuil, *Le Figaro* froissé entre ses grosses mains inertes. Hortense s'est approchée de son mari et, criant presque, lui a ordonné de se lever. Il a sursauté, écarquillé les yeux comme si on l'arrachait à un rêve, jeté le journal par terre, puis il s'est extirpé du fauteuil avec difficulté, en geignant et maugréant.

« "Allez, lui a dit son épouse d'un ton moqueur, on passe un petit moment là-bas dans la maison commune et on revient déguster le civet de maman.

« — Quelle plaie, a gémi l'autre en lissant les pans froissés de sa veste en lin. Vivement que tu les convertisses au catholicisme, qu'on en finisse avec ce putain de sacrifice du buffle.

« — Sois poli, s'il te plaît. Ce sera moins pénible qu'une séance chez ton dentiste."

« Nous avons tous les quatre quitté le salon pour rejoindre la galerie, puis le jardin, ou plutôt la cour en terre battue où deux heures plus tôt quelques montagnards s'étaient réunis aux pieds de leur maîtresse afin de se faire soigner. L'endroit était maintenant désert. Il n'y avait pas de lune, mais les étoiles brillaient dans l'air moite qui diluait leurs contours, les faisait vibrer. Les silhouettes des grands arbres bordant l'allée se détachaient, fantomatiques, sur un ciel sans nuages. Les paons immobiles dormaient sur les branches, perchés jusqu'aux cimes plus élevées que le faîte de la maison. N'ayant jamais vu un paon voler, je me suis demandé comment ils avaient réussi à grimper aussi haut pour se poser là, tels des vautours guettant leur proie. À gauche et à droite, le mur de la jungle était noir, compact, infranchissable. J'entendais des cris d'oiseaux, des pépiements, des trilles, des hululements, des stridences espacées, des appels venant peut-être aussi de singes, d'insectes, d'animaux invisibles. Nous marchions sur le chemin de latérite dont j'avais remarqué le rouge intense à mon arrivée, mais qui dans la pénombre évoquait à présent un camaïeu lugubre. La jungle, les frondaisons, le plumage des paons, la terre, les murs des cases, nos vêtements avaient perdu leurs couleurs pour se fondre en une terne grisaille. Hortense et Gérard nous précédaient, Lucien et moi. La température avait un peu baissé, mais pas l'humidité. L'air sentait les fleurs tropicales, les végétaux en décomposition, la terre sèche, le pastis bu par le planteur ; il charriait aussi une légère odeur métallique, une aigreur ferreuse qui m'a rappelé le goût du sang dans ma bouche.

« "Ça pue, s'est plaint Gérard à voix basse en se pinçant le nez. Ils auraient pu nettoyer après leur foutu sacrifice. Je déteste respirer cette saloperie."

« Ce dernier mot, prononcé d'une voix forte, exaspérée, a trahi toute l'étendue du mépris du maître envers ses esclaves, nous dit Marco. J'ai soudain refusé d'être de quelque manière lié à lui. J'ai même ralenti le pas pour traîner un peu en arrière. Tout à coup, j'ai pris conscience d'un chuchotis haletant, si proche de mon oreille que j'ai sursauté. C'était le gazouillis d'une espèce d'oiseau-mouche loquace, indigné ou suppliant, qui aurait parlé vietnamien. Comme plus tôt dans la camionnette, Lucien s'abandonnait à l'une de ses crises, mais doucement, à bas bruit, avec discrétion et une sorte de politesse timide qui m'a presque ému. J'ai failli éclater de rire. Voyez-vous ça, le malheureux ne voulait pas déranger! La cacophonie de volière nocturne autour de nous avait peut-être déclenché son accès volubile. Ressemblant à ces ambidextres qui se servent indifféremment de leurs deux mains, il naviguait sans cesse entre son ascendance corse et cette langue vietnamienne qui, sans doute pour se venger du racisme atavique de sa victime, s'emparait de lui à l'improviste, le dominait, le soumettait, manipulait sa voix, en jouait comme d'un instrument rétif et désaccordé.

«Au fond, Lucien était un salaud cocasse, une ignoble bizarrerie, parfois comique malgré lui. Il a continué de pépier et de striduler pendant une bonne minute, à l'insu de nos hôtes qui se chamaillaient devant nous pour une question d'intendance liée au dîner du soir. Sa place était parmi ses émules emplumés, la nuée des oiseaux chanteurs qui poursuivaient leur raffut dans les frondaisons touffues et invisibles. Nous approchions des bâtisses, des cases, des huttes en terre et en planches qui se dressaient au milieu de la jungle. Soudain, comme deux fois déjà cet après-midi-là dans la camionnette, Lucien est redevenu lui-même, il a réintégré sa personnalité répugnante et, sans la moindre interruption de sa logorrhée, il est repassé au français. Il m'a alors semblé que toute sa tirade vietnamienne, ses chuchotis de mainate en folie n'avaient été qu'un préambule musical à ce qu'il voulait réellement me dire : "Tu restes avec moi, compris ? m'a-t-il murmuré d'un ton sec. Tu fais tout ce que je te dis. Et quand je pars, tu pars avec moi, vu ? Pas question de traîner chez les Zoulous."

« "Tu m'as parlé, Lucien ? a demandé Gérard en se tournant vers nous.

« — Non, je disais juste deux mots au bleu, pour qu'il se tienne.

« — T'as raison de le prévenir. L'alcool de riz, ça monte vite au cerveau, surtout avec les merdes qu'ils y mettent. Rien ne vaut un bon pastaga, pas vrai ?

« — Ah ça, oui", a acquiescé le déménageur.

« Puis, après un silence où je l'ai senti tourner et retourner cette question dans sa tête, il a demandé à son ami de toujours :

« "C'est quoi qu'ils ajoutent à leur gnôle ?

« — Paraît que pour fêter le sacrifice du buffle, ils préparent un alcool de riz spécial, avec des champignons.

« — Comment ça, des champignons ? s'est esclaffé Lucien en riant. Des cèpes ? Des girolles ? Des coulemelles ?

« — Non, crétin. Tu sais bien, ces champignons qui te mettent la cervelle à l'envers, que les jeunes prennent dans leurs orgies pour s'offrir des hallucinations. Toi, par exemple (il m'a regardé), t'en as déjà bouffé de ces champignons psycho… psylo… ?"

« J'ai encore failli éclater de rire.

« "Moi ? lui ai-je répondu benoîtement. Jamais !

«— Tant mieux. Continue comme ça. Rien vaut le 51.

«— Au fait, ai-je poursuivi en sautant du coq à l'âne, votre mère ne vient pas avec nous ?

«— Maman surveille le dîner… et puis pas plus que moi elle apprécie ces bamboulas.

«— Alors mollo sur l'alcool de riz, tu m'entends ?" m'a soufflé Lucien avec une fermeté comique.

«Je n'ai pas pu m'empêcher de sourire.

«Nous avancions maintenant entre de grandes huttes en terre qui bordaient le chemin à droite et à gauche. Il n'y avait personne dans l'embrasure des portes, personne aux rares fenêtres, ni sur les sentiers séparant les bâtisses massives d'un étage, toutes construites en terre ou en torchis, la plupart sur pilotis, certaines recouvertes de planches. Aucune lumière visible en dehors de celle des étoiles tremblotantes, aucun être humain hormis nous quatre, ni le moindre animal, pas même un chien ou un rat : on aurait dit le hameau déserté, abandonné, à croire que tous les esclaves avaient profité de la distraction de leur maître pour s'enfuir dans la jungle, rejoindre d'autres tribus, s'affranchir, organiser la révolte, conquérir leur liberté. J'ai imaginé la végétation et les bêtes sauvages envahissant bientôt ces cases et ces huttes pour en faire disparaître jusqu'au souvenir, j'ai imaginé un incendie ravageant la demeure coloniale.

«Malgré l'absence de tout être vivant dans les habitations et les courettes, une rumeur sonore d'instruments à vent et de percussions nous parvenait d'un peu plus loin devant nous. Nous avons dépassé de grands mâts en bambou hérissés de palmes, de plumes, de ficelles, de calebasses, de petits paniers tressés, de bouts de tissus dont l'obscurité effaçait les couleurs. Tout en haut de ces immenses perches, des plaquettes de bois et des tubes en rotin ou en bambou s'entrechoquaient et cliquetaient dans la légère brise comme de sinistres carillons à vent. Quand j'ai demandé à quoi ces grands mâts servaient, personne ne m'a répondu, puis mon crétin de voisin, le fan du fou chantant, a beuglé en pouffant de rire : “À hisser le drapeau français !”

« Les planteurs n'ont pas réagi. Ils semblaient savoir où ils allaient. Gérard se pinçait toujours le nez très ostensiblement, davantage pour nous manifester son dégoût qu'à cause d'un inconfort réel. Je les ai suivis en attendant mon heure.

« La musique est devenue plus forte, tout comme l'odeur du sang. Nous avons rejoint une plate-forme de bambou où se dressait un tas de quartiers de viande et de morceaux de peau indistincts, découpés, taillés à la machette ou au coupe-coupe, devant une grande case où les musiciens paraissaient jouer. Deux hommes immobiles et silencieux, hiératiques dans la pénombre, armés de lances et de sabres, montaient la garde pour protéger les pièces du sacrifice contre les bêtes sauvages attirées par l'odeur du sang, des viscères et des excréments. Au milieu du carnage trônait la tête décapitée du buffle, basculée en arrière, posée sur son cou tranché : ses longues et massives cornes blanches, semblables à deux ailes incurvées, entouraient la gueule sanglante, levée vers le ciel comme pour hurler ; les lèvres retroussées exhibaient de robustes dents carrées, régulièrement espacées, qui brillaient dans la lueur froide des étoiles.

« "On y est", a dit Hortense en nous invitant à entrer dans la vaste hutte.

« J'ai gravi derrière les autres une volée de trois ou quatre marches en bois, puis découvert ce que la "bienfaitrice" avait plus tôt appelé "la maison commune". Une cinquantaine de membres de la tribu étaient réunis dans une pièce carrée dont la taille imposante m'a surpris. En l'absence d'électricité, des lampes à pétrole baignaient d'une lueur cuivrée les objets, les murs et les corps. Le sol était un mélange compact de terre battue et de latérite rouge carmin ; j'ai eu l'impression que des pieds innombrables l'avaient foulé depuis un temps très long, sans doute plusieurs générations. Un réseau de grosses poutres sombres, portant la marque des lames de métal qui les avaient taillées, soutenait les quatre pans inclinés d'un toit de chaume plongé dans l'obscurité. Des frises géométriques peintes décoraient les poutres horizontales. Tous les gens réunis là étaient des montagnards Moï et nous étions leurs invités blancs ; malgré ces apparences civiles et pacifiques de réception polie "entre amis", eux étaient les esclaves et j'arrivais avec leurs maîtres.

« Deux grosses jarres ventrues en terre cuite trônaient au centre de la salle, d'où dépassaient plusieurs pailles minces et souples en fibre végétale, les chalumeaux. Une dizaine de frustes bancs de bois usé, patiné, évoquant des bancs d'école ou de paroisse, entouraient les jarres où des champignons macéraient peut-être dans l'alcool de riz. Ces bancs étaient occupés par des femmes de tous âges, à la peau brun foncé et aux cheveux noirs, vêtues de sarongs colorés noués sur une épaule ou serrés dans le dos pour dissimuler leur poitrine. Elles parlaient entre elles, riaient, bavardaient, discutaient paisiblement ou avec animation, parfois avec âpreté, dans une langue aux sonorités rocailleuses, moins chantante que le vietnamien, que bien sûr je ne comprenais pas. Elles tiraient sur les chalumeaux avant de les passer à leurs voisines. L'atmosphère chaleureuse et bruyante régnant autour des jarres m'a paru très éloignée du recueillement silencieux et de la gravité respectueuse que j'associais malgré moi à un rituel religieux ; ce brouhaha animé, d'où jaillissaient parfois des cris amusés, des éclats de rire, des exclamations de surprise ou de plaisir, m'a plutôt rappelé la gaieté décontractée d'une fête de village ou d'un café à l'heure de l'apéritif.

« La musique entendue de loin en traversant le hameau venait d'un orchestre installé dans la pièce voisine, au fond de la salle principale. Par l'embrasure de la porte, j'ai aperçu quelques jeunes gens, garçons et filles réunis, qui, peut-être à cause de notre arrivée, ont cessé de jouer, les flûtes en bambou ou les orgues à bouche quittant leurs lèvres, les mains brunes soudain immobiles sur des tambours de toutes tailles, aux flancs décorés de courbes simples mais élégantes, peintes en ocre ou en orange sur fond noir. D'autres mains ont posé à terre les marteaux des gongs, renoncé à faire claquer l'une contre l'autre des espèces de castagnettes métalliques. Aux pieds de ces jeunes musiciens souriants, manifestement heureux d'être réunis en cette soirée de réjouissances, j'ai entrevu leur public : une trentaine d'enfants assis en tailleur sur des nattes, à la fois sages et ravis, battant des mains, échangeant quelques bourrades amicales ou penchés l'un vers l'autre pour une confidence. Parmi eux, quelques mères allaitaient leur bébé.

« Où étaient les hommes ? Avaient-ils quitté le village pour la soirée ? Organisaient-ils ailleurs une fête entre eux ? Mes yeux ont quitté la modeste salle de concert pour revenir vers la maison commune. Et je les ai vus. Tous étaient assis en rangs d'oignon sur d'autres bancs, plus longs et nombreux que ceux entourant les jarres, collés contre les quatre murs plongés dans la pénombre. Ils semblaient attendre en silence. Torse nu, les hanches ceintes d'un grand pagne qui descendait et bouffait sur leurs cuisses fines et musclées, ils faisaient tapisserie et n'avaient pas l'air d'aimer ça. On aurait dit des écoliers mis au piquet au fond de la classe. Certains, le regard vide, s'ennuyaient ; d'autres se curaient les ongles d'un air absent, se grattaient les côtes, échangeaient quelques mots brefs, à voix basse, avec leur voisin, peut-être pour se plaindre, déplorer cette relégation ou, au contraire, admirer les rondeurs des femmes qui s'activaient devant eux. Aucun d'eux en tout cas ne s'est levé pour nous accueillir : notre visite leur déplaisait sans doute. Ils préféraient faire semblant de ne pas nous voir. Mais je n'ai ressenti aucune animosité à notre égard, seulement l'indifférence absolue de ces hommes éloignés des jarres, cantonnés à la périphérie de la salle par leurs épouses, sœurs, filles, mères ou grands-mères.

«À l'inverse, dès qu'elles nous ont remarqués, les femmes réunies au centre de la pièce nous ont adressé des sourires, des appels, des gestes éloquents pour nous attirer à leurs côtés. Certaines se sont poussées afin de nous faire de la place, leur paume tapotant le bois lustré du banc, nous invitant à nous installer près d'elles, sans jamais accorder la moindre attention aux hommes assis dans leur dos. Une Moï – je devrais dire: une Mnong, le terme vietnamien *Moï* signifiant "sauvage" – une Mnong a manifesté une grande excitation en me voyant approcher de l'espace qu'elle venait de libérer sur son banc, comme si elle était ravie de m'avoir, moi et pas un autre, auprès d'elle. Je me suis donc assis à côté de cette matrone replète qui m'a paru âgée d'une cinquantaine d'années; mais j'avais beaucoup de mal à décider de l'âge de ces gens, certains paraissant usés prématurément, d'autres conservant peut-être très tard la fraîcheur de la jeunesse. Ma voisine avait le visage ridé, les mains calleuses, noueuses, zébrées de minces cicatrices, les phalanges déformées par l'arthrite ou les travaux pénibles. Comme d'autres femmes réunies au centre de la pièce, elle fumait une longue pipe magnifiquement ouvragée, en bambou coudé à angle droit, décorée d'étain martelé et d'un fin tressage de fibres végétales recouvrant par endroits le tuyau poli. Les volutes de fumée bleue qui s'échappaient de tous ces fourneaux et montaient vers les poutres avaient pour moi toute la puissance d'un parfum épicé, car cette fumée odorante chassait la puanteur du sang et des excréments que je venais de respirer en traversant le village. J'ai pensé "*buddha grass*", tout en sachant très bien que cette pipe contenait seulement un tabac âcre, de production locale, sans doute peu ou pas du tout mêlé d'herbe.

« Cette Mnong enthousiaste m'a aussitôt tendu la longue tige creuse du chalumeau pour me faire goûter l'alcool de la jarre. Le bord arrondi du grand récipient en terre m'arrivait à hauteur des yeux, et je me suis dit que, seulement à moitié plein, il devait contenir plusieurs dizaines de litres. J'ai pris en bouche une gorgée de liquide assez fade, légèrement amer, que j'ai imaginé translucide comme de la vodka, du gin ou du saké, mais certes pas comme de l'eau. En avalant, j'ai aussitôt senti la brûlure de l'alcool ; une chaleur soudaine a envahi mon corps, y dissipant toute tension. J'ai perçu un arrière-goût végétal, comme d'une infusion de plantes, mais plus fort, davantage lié à la terre, à l'humus, et j'ai pensé "champignons". J'ai repris une gorgée avec précaution en me tournant vers ma voisine. Immobile, le dos légèrement voûté, les yeux écarquillés, à l'affût de la moindre de mes réactions, elle me dévisageait en souriant. Elle a hoché la tête pour m'encourager d'un air vaguement inquiet. Elle espérait de toute évidence que j'aime ce breuvage qu'elle-même avait peut-être préparé avec d'autres femmes de la tribu. D'une mimique gourmande, universellement compréhensible malgré la barrière des langues, je lui ai signifié que oui, cet alcool me plaisait, je l'appréciais sincèrement. Elle a poussé un petit cri de joie, souri largement ; puis, d'un geste circulaire de la main tournant très vite devant son buste, elle m'a suggéré de boire encore. De nouveau immobile, aux aguets, elle ne m'a pas quitté des yeux avant que j'aie ingéré une troisième gorgée en remarquant davantage cette saveur d'humus et de plantes macérées que j'attribuais désormais aux champignons.

« Je lui ai tendu le chalumeau, mais elle a secoué la tête sans cesser de sourire de contentement. Elle s'est penchée pour allonger le bras et pousser le mien vers mon autre voisine, à laquelle je n'avais encore accordé aucune attention. Comprenant son geste, je me suis tourné à gauche et j'ai proposé la tige évidée à une jeune femme en sarong violet, aux cheveux noir de jais coupés court, entourant un visage ovale aux traits réguliers, à la peau couleur chocolat dont j'ai remarqué le grain très fin. Un mince collier de perles sombres ornait son cou ; un autre, où les mêmes perles s'espaçaient de petites médailles brillantes en argent, lui entourait les cheveux tel un serre-tête. Elle avait un large front, des pommettes hautes, un nez aquilin, des lèvres rouges bien dessinées, de grands yeux écartés et bridés, en amande. Elle se tenait assise très droite, les mains posées sur les cuisses, ses pieds nus ramenés sous le banc, sans prétention ni arrogance, avec une sorte d'élégance naturelle. Depuis mon arrivée à la plantation, je n'avais pas été frappé par la beauté des Mnong, plutôt par l'aspect trapu des hommes et des femmes, par leur visage dur, marqué, taillé à coups de serpe, leurs membres courts, leurs muscles noueux, des corps minces, sveltes, parfois déformés par le travail pénible. Cette jeune femme appartenait sans aucun doute à la tribu, elle avait grandi dans ce village condamné à l'esclavage depuis des générations, mais sa beauté détonnait parmi ses congénères. Elle a croisé mon regard et aussitôt baissé les yeux.

« Quand elle a saisi le chalumeau, j'ai brièvement admiré les bracelets d'ivoire à son poignet. Ses doigts bagués d'argent ont frôlé les miens et elle a murmuré, en gardant les yeux baissés :

« "Merci.

« — Tu... vous parlez français ?" lui ai-je bêtement demandé.

« Elle a secoué la tête, puis aspiré une gorgée d'alcool de riz sans me regarder ni manifester la moindre émotion. »

Marco sembla revenir parmi nous pour boire un peu de vin, manger une cuillerée de mystère, allumer une cigarette. Puis il dit, comme s'il avait oublié de nous informer d'une chose importante :

« Ce soir-là dans la maison commune, j'ai assisté à une sorte de pantomime étonnante qui s'est répétée deux ou trois fois avant que je comprenne que c'était une règle absolue de la tribu. L'une ou l'autre des femmes réunies au centre de la pièce autour des jarres se retournait parfois vers les hommes sagement assis le long des murs, telles des jeunes filles attendant l'invitation de leur cavalier dans une salle de bal occidentale. D'un geste impérieux du bras ou d'un signe discret de l'index, la femme signifiait à un homme de la rejoindre près des jarres. Il se levait alors sans se faire prier, puis d'un pas presque craintif il s'approchait d'elle – sa fiancée, son épouse, sa fille ou sa mère –, il trouvait tant bien que mal une place sur le banc, saisissait le chalumeau qu'on lui tendait parfois sans beaucoup d'égards, avec une désinvolture un peu méprisante. Il buvait ensuite une ou deux gorgées sous la surveillance de la femme, qui le congédiait alors d'un geste aussi indiscutable que le premier. Il regagnait sa place le long du mur en attendant qu'on le convoque à nouveau, ou jamais. À force de voir ce manège se reproduire, j'ai compris que, du moins lors de ces occasions festives, c'était la femme qui décidait, ordonnait, avait la main. Quant aux hommes, ils passaient la soirée dans un genre particulier de salle d'attente, à la merci d'un signe.

« Le planteur, Hortense et Lucien étaient restés ensemble. Se soumettant au protocole de la tribu ou bien choisissant de ne pas se séparer, ils s'étaient assis sur le même banc, de l'autre côté des jarres, de sorte que je voyais seulement le crâne dégarni de Gérard, les cheveux blonds de son épouse ; enfin, à droite, le chaume poivre et sel du déménageur. Je faisais bande à part malgré moi et je m'en suis secrètement réjoui, sans me soucier de ce que les trois Blancs pouvaient bien penser de moi, de cette distance qui m'éloignait d'eux et me rapprochait du monde inconnu de la tribu.

« Je regardais les trois crânes dodeliner doucement au-dessus des jarres au gré d'une conversation que je devinais insipide ou odieuse, quand j'ai senti une légère pression sur mon bras gauche. Baissant la tête, j'ai avisé la main délicate de ma jolie voisine, ses doigts tenant le chalumeau posé sur la manche de ma veste. Je me suis tourné vers elle en espérant croiser ses yeux, mais elle m'offrait seulement une vue de sa nuque et de son dos. Elle parlait avec une matrone debout de l'autre côté, qui semblait avoir une affaire urgente à régler. La main dépourvue de ride et de toute cicatrice, ornée de bagues en argent finement gravé, cette belle main à la peau brune et soyeuse, aux doigts fuselés, aux ongles coupés ras, est longtemps restée sur ma manche tandis que les deux femmes conversaient. C'était comme si elle l'avait oubliée là, cette main, pour que je l'admire, et qu'elle me la laissait en gage, en prêt ou en dépôt, assurée que j'en prendrais soin, ne lui ferais aucun mal, la lui rendrais intacte dès qu'elle me la réclamerait. Comblé par ce rapprochement imprévu et par la confiance accordée au toucher pour pallier l'impossibilité du dialogue, stupéfait aussi de cette audace qui m'a semblé congédier les mots avec une aisance souveraine au profit d'un contact discret, j'ai délicatement saisi le chalumeau entre les longs doigts qui se sont encore attardés quelques secondes avant de se réveiller, frétiller, s'agiter sur ma manche, puis s'éloigner comme un oiseau s'envole. J'ai sans doute tout imaginé, rêvé. Mais c'était d'une telle beauté au milieu de l'horreur que j'y ai cru avec la naïveté d'un puceau.

« Lorsque la belle jeune femme au sarong violet s'est levée en me tournant toujours le dos, j'ai remarqué sa grande taille, son corps svelte, ses membres déliés. D'un pas souple, en courant presque, elle a rejoint la pièce attenante où les musiciens avaient déserté leurs instruments. Les bambins jouaient bruyamment, chahutaient, criaient, riaient. Je l'ai vue entrer dans cette pièce, soulever une fillette de quatre ou cinq ans avec une facilité déconcertante, la prendre dans ses bras, la serrer contre elle, l'embrasser, puis l'emmener vers une partie pour moi invisible de ce salon de musique réservé aux enfants.

« Peut-être à cause de l'alcool ou des champignons, une idée insensée a germé en moi : j'allais prendre la tangente, faire sécession, filer à l'anglaise, désobéir aux ordres de mon chauffeur tyrannique, lui fausser compagnie ainsi qu'aux esclavagistes. Au diable le civet de chevreuil préparé par Susanne, la mère du planteur bombardée domestique. Au diable la bouteille de grand cru qu'ils allaient ouvrir pour se croire attablés en France. Au diable le pastis, les propos racistes, la bipolarité linguistique de Lucien, l'arrogance satisfaite de Gérard, les idioties débitées par cette Hortense convaincue de passer pour une déesse bienfaisante auprès de "ses indigènes". Au diable ce monde, me suis-je dit en sentant mon projet séditieux s'ébaucher tout seul, prendre forme de lui-même, par une sorte de génération spontanée, sans intervention consciente de ma part.

« Ma voisine de droite m'a ramené sur terre. De ce geste rotatif du poignet qu'elle semblait affectionner, elle m'a poussé à tirer encore sur la tige souple pour boire une ou deux gorgées, ce que j'ai fait sans me faire prier. Puis elle m'a pris le chalumeau des mains afin de boire à son tour et faire claquer ses lèvres d'un air gourmand en me lançant un coup d'œil ravi, comme si nous partagions tous deux un secret. Elle m'a ensuite tendu sa pipe en hochant la tête pour m'encourager à fumer. J'ai pris en main ce bel objet, je l'ai examiné de plus près, j'ai admiré le travail minutieux de l'étain autour du bambou, le fin tressage de rotin sous le fourneau et le long du tuyau. J'ai glissé l'embout entre mes lèvres et aspiré ; le tabac a grésillé et, dès que j'ai inhalé la fumée âcre, épicée, dans mes poumons, j'ai été pris d'une violente quinte de toux. Autour des jarres, quelques femmes m'ont regardé en riant. Ma voisine a récupéré sa pipe et m'a dévisagé d'un air faussement apitoyé, comme pour plaindre ma constitution fragile. Il n'y avait pas d'herbe dans le fourneau, seulement un tabac beaucoup trop fort pour moi.

« De l'autre côté de la jarre, j'ai alors vu les trois crânes – le presque chauve, le casque blond, le poivre et sel – se hausser en même temps vers les poutres du plafond, puis leurs propriétaires respectifs émerger peu à peu au-dessus du rebord en terre cuite, visages, épaules, bustes, puis hanches. J'ai pensé “marionnettes dans le castelet”, puis “heure du civet”. Du talon de la main, Lucien s'est tapé le front comme s'il avait oublié quelque chose ; j'ai deviné son souci. Il a contourné les bancs pour s'approcher et me dire : “On dégage.”

« Je l'ai regardé sans broncher. “Non, je reste. Je vous rejoindrai plus tard.”

« Il a serré les poings, crispé les mâchoires, m'a fusillé du regard. Pour un peu il m'aurait craché dessus. “T’as pas intérêt à traîner, enfoiré”, a-t-il lâché avant de tourner les talons pour rejoindre les deux autres qui franchissaient déjà la porte sans se préoccuper de lui et encore moins de moi.

« Fier de ma rébellion, excité par les effets conjugués de l’alcool et des champignons, je me sentais bien, euphorique, à mon aise parmi ces gens, un brin trop sûr de moi. Je voulais savoir quel tour prendrait la fête, s’il y aurait encore de la musique, peut-être des danses. J’ai repensé à la belle Montagnarde, sans doute partie coucher un enfant. Je n’arrivais pas à oublier sa main longuement posée sur mon bras, un cadeau trop vite retiré ; j’ai interprété ce geste, cette familiarité suggérée, légèrement négligente, comme une promesse. J’y ai vu le début de quelque chose et j’ai désiré découvrir jusqu’où ce quelque chose me mènerait. Oui, je l’avoue, j’étais séduit. Dans cette culture dont j’ignorais presque tout, les femmes semblaient décider du sort des hommes et de leurs plaisirs. Je me suis demandé si cette jeune beauté venait de me signifier que je l’intéressais, en exprimant son désir avec une merveilleuse nonchalance feinte dont l’élégance sensuelle m’enchantait, ou bien si cette main alanguie sur mon bras témoignait seulement de sa distraction, peut-être d’une tactilité partagée par tous les membres de la tribu, ou, au contraire mais avec les mêmes conséquences pour moi désolantes, d’une idiosyncrasie qui la poussait à toucher tous les gens avec qui elle entrait en rapport.

« Incapable d’en décider, j’ai une nouvelle fois remarqué que ma voisine de droite ne manquait ni d'humour ni de finesse. Lorsqu'elle m'a encore tendu le chalumeau en hochant la tête avec enthousiasme, j'ai deviné, ou plutôt imaginé qu'elle comprenait le dégoût que les trois Blancs m'inspiraient; elle compatissait sûrement à mon sort, elle me poussait à boire pour me remercier de rester avec la tribu plutôt que de retourner dîner dans la maison des maîtres; elle voulait me consoler de ma prise de bec avec Lucien, me féliciter de lui avoir résisté; enfin – aussi incroyable que cela puisse paraître –, j'ai vraiment cru qu'elle m'encourageait à aller de l'avant avec la jeune beauté. Toutes ces interprétations délirantes d'un banal signe de tête prouvaient bien sûr que j'avais déjà trop bu. J'ai pourtant accepté le chalumeau offert et aspiré l'alcool avec plaisir, tandis que la roublarde approuvait vigoureusement et, selon son habitude que je connaissais désormais, faisait pivoter sa main devant elle pour me pousser à récidiver, nous dit Marco.

« J'en aurais oublié que j'étais au milieu d'esclaves, mais cette pensée m'a soudain enflammé : en restant ici dans la maison commune, je reniais la villa coloniale et l'univers des maîtres, je prenais fait et cause pour ces Mnong qui étaient les esclaves des Blancs, mais m'accueillaient avec chaleur et générosité parmi eux.

« Lorsque les musiciens se sont remis à jouer, j'ai eu la folie de penser que tous ces gens, qui me plaisaient de plus en plus, avaient attendu le départ des trois colons pour reprendre les festivités. Surtout, j'ai eu la conviction délicieuse, probablement erronée comme mes précédentes intuitions, que la tribu m'incluait, m'acceptait, m'intégrait discrètement, sans cérémonie ni effusion, parmi ses membres. La lente mélodie qui a recommencé après l'entracte protocolaire était sans aucun doute une manière délicate de m'en informer : elle fêtait mon arrivée, je n'étais plus un intrus. Bien au contraire, dans mon délire où l'ivresse avait seulement une part, je me suis cru définitivement adopté, passé à l'autre bord.

« C'était une musique au rythme calme et régulier, dont les motifs faussement simples, voire enfantins, se répétaient, s'imbriquaient, s'entrelaçaient, mutaient en permanence et sans heurt, avec une fluidité et une douceur envoûtantes, pour créer des formes nouvelles, de brèves mélodies apparentées mais inédites, subtilement différentes, qui semblaient naître naturellement des précédentes avant de se dissoudre à leur tour en d'autres motifs harmoniques tout aussi éphémères. J'ai pensé à la croissance continue des plantes, aux métamorphoses des nuages, aux risées vagabondes chassées par le vent sur la mer, aux gestes souples d'une danseuse asiatique enchaînant ses figures ondoyantes, à des vagues qui enflaient puis s'apaisaient, enflaient de nouveau avant de déferler soudain en un long fracas imprévisible de gongs, de cymbales, de tambours. Car ces pulsations délicates, ces transformations infimes, aussi incessantes que les oscillations des feuilles d'un arbre dans une brise légère ou la respiration paisible de l'océan par temps calme, ces miroitements perpétuels étaient parfois ponctués, interrompus par un déluge assourdissant de percussions, qu'accompagnaient les cris ravis, les éclats de rire et les applaudissements frénétiques des enfants assis devant l'orchestre.

« Ayant soudain trop chaud, j'ai ôté ma veste, que j'ai posée près de moi sur le banc. Quand je me suis levé, ma voisine m'a fait signe d'aller rejoindre les musiciens comme si elle m'accordait sa bénédiction souriante pour le restant de la soirée. Je désirais écouter la musique de plus près, mais aussi partir à la recherche de la belle Montagnarde, et c'est plein d'espoir que j'ai rejoint la pièce du fond. Je me suis arrêté sur le seuil pour découvrir si elle se trouvait dans ce public exclusivement composé d'enfants et des quelques femmes qui les surveillaient, leur donnaient à boire dans des calebasses, allaitaient un bébé, apportaient aux musiciens des gourdes sans doute remplies d'alcool. Il n'y avait là aucun homme. J'espérais échanger enfin quelques regards avec elle, confirmer notre connivence naissante, tout en craignant de plus en plus que j'avais tout imaginé, que cette main confiante abandonnée sur mon bras avait seulement été désinvolte et distraite. La jeune femme n'était pas là.

« Je suis resté longtemps à l'entrée du salon de musique. J'observais les musiciens très concentrés en m'interrogeant sur la part d'improvisation dans leur jeu cadencé où la matière sonore fluctuait sans cesse avec grâce. *Eux* échangeaient des coups d'œil complices, des sourires ravis, des mimiques d'encouragement et des exclamations dont j'ai soudain été jaloux. Pas seulement à cause d'elle qui me manquait déjà, ou parce que je m'en serais voulu de ne jouer d'aucun instrument, mais parce que ma vie tout entière m'a alors semblé désertique, d'une solitude écrasante, sans amitié réelle sinon la tienne, Vuong, et j'ignorais où tu étais à ce moment-là, peut-être encore à Dalat ou déjà à Saïgon. Tous ces mois que je venais de passer en Asie se réduisaient à un couloir rouge donnant sur une chambre mortuaire. Pire encore, jusqu'à ce souvenir m'était refusé, l'accès m'en était barré, je parvenais seulement à me remémorer les lieux où je m'étais aventuré seul, mais jamais, malgré mes efforts, les émotions vécues cet après-midi-là, à croire qu'on me les avait volées pour les enfermer dans cet endroit mystérieux qu'on appelle les oubliettes.

« Immobile au seuil du salon de musique, j'ai soudain regretté l'absence de L., que j'avais épousée quelques mois plus tôt à Paris, avant de partir au Vietnam. Elle aurait aimé cette fête, la musique lancinante ponctuée d'éclats violents, le congé donné au langage, ce soulagement inouï qu'on éprouvait à se dispenser des mots, et puis l'impression d'une solidarité forte, ancienne, évidente, entre tous les membres de cette communauté. La domination exercée par les femmes sur les hommes l'aurait amusée, troublée, peut-être émoustillée. Elle aurait été curieuse de ces rituels appartenant à une culture aussi différente. Elle se serait spontanément mêlée aux femmes et aux enfants, pour les aider, créer des liens avec elles, partager regards et sourires, distraire les petits, s'occuper d'eux, échanger muettement comme elle savait si bien le faire. L. m'a manqué tout à coup. Je ne m'y attendais pas...

« Soudain dégrisé, je me suis demandé ce que je faisais ici, au seuil de cette pièce où je n'avais pas ma place, dans cette fête tribale où je n'aurais jamais dû rester, au milieu de ces esclaves Mnong qui n'avaient rien de commun avec moi, ne me voulaient sûrement aucun bien, m'assimilaient par la force des choses au clan des maîtres malgré les simagrées touchantes de ma gentille voisine. Quant aux prétendues avances de l'autre, prenant mes désirs pour la réalité, je les avais tout bonnement imaginées. La belle avait un enfant, peut-être plusieurs ; son mari était certainement assis sur un banc à quelques pas derrière moi ; en ce moment même, il m'observait sans doute avec méfiance. J'étais un crétin, un don Quichotte ridicule, absurde, qui avait perdu tout bon sens, pris des vessies pour des lanternes. J'ai rougi de honte, maudit ma naïveté et mon aveuglement, avant d'abattre le poing contre les planches de l'embrasure. Un ou deux musiciens m'ont alors dévisagé avec surprise, sans cesser de jouer, mais leurs yeux écarquillés ne m'ont fait ni chaud ni froid. Oui, j'avais hâte de rentrer en France pour retrouver L., hâte de quitter ce pays meurtri et frelaté, auquel je ne comprenais rien, où je ne trouvais nulle part ma place et n'avais plus rien à faire. Je devais partir. Maintenant. La punition de mon aveuglement serait le civet froid, l'arrogance de Gérard, la bêtise d'Hortense, les remarques racistes de Lucien, les affiches de ski et de moto.

« J'ai regardé une dernière fois l'orchestre en désirant comme jamais la présence de L. à mes côtés, son audace, son mépris des convenances et des banalités, sa curiosité insatiable, le talent qu'elle manifestait sans cesse pour dissiper l'ennui, créer de toutes pièces des situations inédites et captivantes qui me poussaient à rivaliser d'inventivité avec elle, à entamer une joute amoureuse, laquelle se terminait souvent au lit, mais parfois aussi par une brève querelle suivie d'une réconciliation et de nouveaux défis qui nous incitaient, elle comme moi, à tout miser de nouveau.

« Debout au seuil du salon de musique, je me morfondais ainsi lorsque j'ai perçu, contre mon poignet, un léger frôlement tiède, un peu moite. L'alcool, les champignons, ces divagations chagrinées, ma brusque nostalgie de L. m'engourdissaient l'esprit et j'ai mis un temps indéterminé, peut-être très long, à identifier cette sensation : c'était le frôlement de doigts timides. Le cœur battant, j'ai tourné la tête sans trop y croire et découvert la belle Mnong immobile à mon côté, son épaule nue touchant presque la mienne. Grave et pensive, les yeux fixés sur l'orchestre sans apparemment m'accorder la moindre attention, elle m'offrait son profil délicat, la courbe de ses lèvres où flottait l'ombre d'un sourire, son nez fin et aquilin, une pommette haute, un étincelant œil bridé, un mince sourcil, son grand front, ses cheveux noirs où les perles sombres et les médaillons d'argent brillaient dans la lueur des lampes. Depuis combien de temps était-elle là, toute proche de moi, attendant avec patience que je m'aperçoive de son retour ?

« Ainsi, malgré tous mes doutes, ma colère, ma honte récente, j'avais vu juste : sa main posée tout à l'heure sur ma manche ne s'y était pas attardée par hasard. Le bonheur m'a tout à coup submergé. J'ai exulté en silence, sans rien en montrer : le contact était établi. Je savais qu'elle savait que je la désirais. L'espace d'un instant, j'ai béni mon autre voisine assise sur le banc devant la jarre, l'enthousiaste matrone roublarde et débonnaire qui venait de m'expédier là, au seuil du salon de musique, comme on dit à un freluquet : "Allez, ouste ! Va t'amuser !" en sachant très bien ce qu'elle faisait, à qui elle me destinait.

« Les doigts de la belle ont perdu de leur timidité pour aller et venir contre mon poignet. Prenant de l'assurance, ils m'ont caressé l'intérieur du bras avant de redescendre vers ma paume. Incapable de réagir, redoutant de rompre le charme par un geste maladroit, je les ai laissé faire, longer le dos de ma main, s'immiscer entre mes phalanges. Je me suis dit que dans notre corps, sur notre peau, les jonctions, les confluents, les attaches, les bifurcations étaient des zones sensibles, et qu'elle le savait aussi. Les bagues d'argent glissaient doucement, les doigts graciles poursuivaient leur exploration. J'ai alors senti avec un plaisir stupéfait leur rythme s'accorder à celui de la musique, suivre les méandres de l'orgue à bouche, redoubler les trilles des flûtes, ébaucher un motif mélodique au creux de ma main, hasarder des variations, dessiner des arabesques mouvantes sur ma peau, tracer une partition sensuelle sur les portées incurvées des lignes de ma paume, la chance, la vie, l'amour découverts à tâtons, caressés, annotés par cette transcription tactile des notes de l'orchestre. Lorsque le tonnerre des percussions m'a surpris et fait sursauter, j'ai serré sa main dans la mienne, ma première initiative. Ses doigts ont aussitôt enlacé les miens, scellant le pacte.

« Elle et moi restions tournés vers l'orchestre sans échanger un regard. Tout près de nos hanches qu'ils frôlaient parfois, nos doigts excités s'activaient d'eux-mêmes, indépendamment de nous. Personne dans la pièce ne semblait remarquer leur manège, ni même notre proximité, mais je ne savais que penser. Tous les gens présents, les femmes comme les enfants, étaient certes captivés par le concert ; mais si la Mnong roublarde avait senti quelque chose se tramer entre nous deux, pourquoi d'autres femmes ne l'auraient-elles pas aussi deviné ? J'étais en terrain inconnu, je craignais de faire une bêtise, d'enfreindre une règle stricte, de provoquer la colère ou l'incompréhension. En même temps, je désirais plus que tout me fier à nos doigts agiles qui semblaient s'entendre sans nous, dialoguer à loisir, se découvrir des affinités, partager peut-être leurs souvenirs ou l'espoir d'une intimité plus grande, alors même que la belle Montagnarde et moi étions incapables d'échanger une phrase et, jusqu'ici, pas le moindre regard.

« J'étais partagé entre le ravissement et la peur. Comment pouvais-je imaginer une seconde que je passais inaperçu, moi, le seul Blanc parmi les membres de cette tribu dont tout me séparait ? Mon intérêt pour cette jeune femme ne sautait-il pas aux yeux de chacun ? Nos doigts s'activant toujours avec une discrétion de moins en moins évidente, je me suis dit que tous ces gens autour de moi faisaient comme si je n'existais pas ou bien que, pour une raison mystérieuse tenant peut-être à certaines lois de l'hospitalité que j'ignorais, ils m'accepteraient parmi eux jusqu'à la fin de la fête, après quoi ils me renverraient gentiment mais fermement hors de la maison commune et de leur village, vers l'endroit que j'aurais déjà dû rejoindre depuis longtemps, la grande maison coloniale des maîtres et les restes du civet de chevreuil.

« Le concert durait, les musiciens semblaient désireux de jouer encore, peut-être jusqu'au matin. Les femmes ont peu à peu emmené les enfants fatigués vers une autre pièce qui jouxtait le salon de musique. Certains dormaient déjà et on les portait ; d'autres, on les prenait par la main pour les guider, somnolents, en pleurs ou furieux d'être obligés de renoncer au concert. Ils rejoignaient l'ouverture située au fond du salon, masquée d'un grand pan de tissu aux frises chatoyantes. Cette pièce, que je ne voyais pas, servait sans doute de dortoir commun à tous les enfants.

« Tout ce temps, nos doigts ont poursuivi leur dialogue animé, jusqu'à ce que je sente les siens se figer puis exercer une pression régulière sur mes phalanges. Une fois encore, elle a pris l'initiative. Toujours sans me regarder, la belle m'a saisi l'index, puis elle m'a tourné le dos et entraîné à sa suite vers la pièce où les enfants venaient de disparaître. J'ai franchi le rideau de porte qu'elle a tenu pour moi, puis elle a lâché mon index afin de se rendre auprès d'une fillette qui dormait déjà – la même qu'elle avait tout à l'heure soulevée de terre et prise dans ses bras –, dont elle a caressé le visage en remontant une couverture sur son corps nu. J'ai découvert là une vingtaine d'enfants allongés les uns à côté des autres, assis en tailleur ou agenouillés parmi des coussins brodés, sur un grand tapis de nattes juxtaposées à même le sol en terre battue. Certains dormaient déjà, mais la plupart, incapables de trouver le sommeil, excités par l'ambiance festive, bavardaient, jouaient avec des brindilles, des cailloux, des bouts de papier, des billes colorées. Le concert qui se poursuivait à côté nous parvenait, à peine assourdi par le tissu masquant l'embrasure. Quelques lampes à pétrole installées sur des tables basses au bois finement ouvragé jetaient des ombres mouvantes, parfois monstrueuses, sur la terre sombre des murs.

« Je suis passé devant l'une de ces lampes dans la partie dégagée de la pièce, en regardant ma silhouette se déformer sur la paroi qui faisait face aux enfants. Puis je suis repassé devant en laissant ma main s'attarder près du verre de la lampe. L'ombre géante de mes doigts a envahi le mur et quelques enfants ont poussé un cri étonné. Accroupi devant la source lumineuse, j'ai assez vite trouvé la bonne distance entre la lampe, ma main et le mur pour assurer une netteté approximative à l'image que je projetais. Mes doigts ont hasardé quelques animaux : la poule, le lapin, l'oiseau, le chien. Les enfants ont aussitôt semblé ravis par ce spectacle qui ne figurait pas au programme de leur soirée et dont ils n'avaient apparemment pas l'habitude. Quelques-uns, effrayés, se sont mis à pleurnicher ; mais la plupart ont manifesté leur surprise et leur joie.

« Mes doigts s'activaient à nouveau, cette fois sans en toucher d'autres, et non pas pour elle, pour son plaisir tactile, aveugle et silencieux, mais pour celui, purement visuel, de ces enfants que je ne connaissais pas. Je me suis demandé pourquoi elle m'avait emmené là, dans ce dortoir bondé où je n'avais rien à faire, plutôt que dans un lieu plus discret, où nous aurions sans doute mieux su quoi faire. Puis j'ai eu honte de mon égoïsme, de ma bêtise. Sans cesser d'agiter mes doigts devant la lampe pour que le singe devienne un âne, puis l'âne un oiseau s'envolant vers le chaume du ciel, j'ai compris qu'elle devait s'occuper de ce bambin – le sien ? Le père était-il présent ce soir à la fête ? Faisait-il tapisserie dans la salle des jarres avec les autres hommes ? Elle ne voulait pas que je profite de cet intermède obligé pour m'en aller furtivement, m'éclipser comme un voleur. Elle m'avait saisi l'index et entraîné jusqu'ici pour s'assurer de ma présence, refusant que, pour ainsi dire, je lui glisse entre les doigts. Ce jeu de mots réveillant les miens, j'ai improvisé l'autruche dodelinant du bec.

« Quand j'ai ensuite mimé le dialogue muet entre deux poules survoltées qui se chamaillaient en penchant la tête comme si elles picoraient, les éclats de rire ont fusé dans mon dos. Je me suis retourné pendant que mes poules se volaient dans les plumes et j'ai découvert des visages hilares, des regards émerveillés. Il n'y avait pas que les enfants pour apprécier mon théâtre d'ombres, les femmes aussi semblaient amusées, charmées. Souriantes, elles continuaient de s'occuper des petits, mais d'une main distraite, pour les faire boire ou arranger coussins et couvertures. Elles non plus ne voulaient rien rater de ces créatures uniformément noires et plates, mais vivaces et démesurées, qui bondissaient, s'envolaient, sautaient au plafond, s'agressaient, se poursuivaient, s'attrapaient, trébuchaient, tombaient à plat ventre et se relevaient aussitôt pour continuer leur pugilat, ou bien déambulaient d'un pas tantôt pesant tantôt gracieux sur le mur nu.

« Tous ces animaux, je les ai bientôt fait bouger, tanguer, se dandiner, onduler et dodeliner en rythme avec la musique lancinante qu'on jouait toujours à côté. Accorder mes gestes aux pulsations des instruments m'a soudain ramené à l'instant magique où, dans la pièce voisine, j'avais un peu plus tôt senti les doigts fuselés suivre les inflexions musicales pour tracer leurs caresses sur ma paume ou le dos de ma main, y transcrire leur partition. Dans mon esprit, les deux danses – celle des grandes ombres qu'à présent je projetais et celle, discrète, inoubliable, de ses doigts minces glissant tout à l'heure contre les miens – se sont fondues en une seule, magnifiée par les méandres sensuels de l'orchestre.

« Voyant une mère chuchoter à l'oreille d'une autre, j'ai imaginé qu'elle disait peut-être, sans soupçonner mon émotion : "Ce jeune blanc-bec aux cheveux longs est un bon amuseur ; pas vraiment un sorcier, ça non, sûrement pas, pas encore, sans doute jamais, mais un habile montreur d'ombres qui me plaît bien. Il sait imiter les animaux, ça oui." Bien sûr, je désirais surtout plaire à l'une de ces femmes, lui prouver que moi aussi je savais faire certaines choses avec mes doigts : après les deux poules belliqueuses que j'ai remerciées en écartant soudain les mains, un loup a salué un canard. Il a d'abord discuté poliment avec lui, mais leur échange s'est vite envenimé, le prédateur a fini par dévorer tout cru le pauvre volatile sous les cris indignés du public. Puis le loup repu s'est retrouvé face à un chameau qui lui a fait payer cher sa cruauté en le piétinant à mort. Applaudissements nourris des enfants et des femmes. L'escargot et la chèvre ont ensuite eu un succès mitigé ; mais l'éléphant pataud qui les a remplacés a été salué par des cris de joie unanimes comme s'il était le roi de la fête, le clou du spectacle.

« Vaguement inquiet malgré ces cris enthousiastes et les applaudissements, je me suis encore retourné et je l'ai vue, debout contre le mur du fond. Elle me souriait en me regardant droit dans les yeux pour la première fois. J'ai senti mon cœur s'emballer. Son sourire radieux et l'éclat de ses yeux m'ont confirmé la connivence de nos doigts. J'ai deviné que mon petit théâtre d'ombres lui plaisait, aussi qu'elle comprenait que c'était ma façon de les remercier tous de leur hospitalité et que ces animaux éphémères, je les avais certes créés pour les enfants, mais surtout pour elle : le silence de mes créatures mimées faisait écho à notre propre mutisme obligé, et nos doigts, les miens après les siens, étaient bien plus éloquents que toute parole.

« Sa voix, déjà, m'a manqué. Un peu plus tôt, mais il m'a semblé qu'un siècle s'était écoulé depuis cet instant, je l'avais entendue me chuchoter : "Merci", lorsque devant la jarre elle avait saisi le chalumeau ; d'un signe de tête, elle m'avait fait comprendre que son français s'arrêtait là. Maintenant que nos regards se croisaient enfin, c'était sa voix que je regrettais – non pas ses mots, ni tout ce qu'elle aurait pu me communiquer, m'apprendre, me suggérer, m'expliquer, déclarer, approuver ou me reprocher, ces flots de paroles qui m'ont souvent paru superflus dans la liaison amoureuse, malvenus, déplacés ou mal placés, tombant à plat, détournant de l'intensité du présent, trahissant la vérité du désir –, mais me manquaient déjà le grain de sa voix, son rythme, sa musique, son souffle articulé par les syllabes, sa tessiture et sa texture peut-être aussi séduisante que celle de sa peau, de ses doigts contre mon poignet. Notre renoncement partagé au langage faisait la part belle aux sens, à une merveilleuse forme de danse tactile, mais je déplorais cette perte annoncée, cette absence inévitable, comme si elle, la belle jeune femme qui ne s'était pas donnée à moi et ne le ferait peut-être jamais, me refusait déjà une part d'elle-même.

« Toujours accroupi près de la lampe à pétrole qui venait de me servir de projecteur, je lui ai souri à mon tour sans la quitter des yeux. Puis je me suis relevé et j'ai salué en riant la foule des enfants et des femmes, en improvisant une brève parodie du salut de l'acteur à la fin de la représentation. J'ai alors remarqué, à côté de ma belle, la femme plus âgée, joyeuse et énergique, qui nous avait en quelque sorte présentés l'un à l'autre devant la jarre et qui se penchait maintenant vers sa cadette pour lui chuchoter à l'oreille.

«Je comprends seulement aujourd'hui que, ce soir-là, je m'étais aussi improvisé montreur d'ombres pour gagner du temps. Je voulais certes rendre don pour don à cette tribu sobrement généreuse qui m'accueillait, je désirais certes prouver à la splendide Montagnarde que moi aussi je savais me servir de mes doigts. Mais inconsciemment, je tenais à gagner du temps, à repousser l'échéance, le moment fatal où je devrais soit partir, retourner chez les Blancs et cuver mon amertume, soit rester encore auprès de cette jeune femme qui me plaisait tant, que je commençais d'aimer. Une fois de plus, j'ai senti que ce serait elle qui déciderait de mon sort. J'ai deviné confusément, plus par intuition qu'en remarquant le moindre signe irréfutable, que ses messes basses avec sa voisine concernaient mon avenir immédiat.

«Après avoir salué le public, je n'ai plus su quoi faire. Devais-je aller récupérer ma veste laissée sur le banc dans la grande salle et m'en aller? C'était hors de question. Ç'aurait été renoncer, trahir ce que je ne voulais surtout pas trahir, capituler lâchement, lui suggérer que je méprisais ses ruses subtiles, ses caresses discrètes, sa délicatesse, sa beauté, la danse de ses doigts sur ma peau. Il me fallait trouver autre chose. Devais-je la rejoindre, lui prendre à mon tour la main? Et ensuite? Où l'aurais-je entraînée? Sûrement pas chez les Blancs, ses maîtres, qui l'auraient sans doute humiliée ou bien chassée pour me punir aussi de mon impolitesse. Alors quoi ? Que faire ?

« Comme un peu plus tôt au seuil du salon de musique, lorsque j'avais eu la surprise grisante de sentir ses doigts me caresser le poignet, elle a inventé pour moi un nouveau stratagème qui m'a sauvé de mon indécision et comblé de bonheur. Sans me quitter des yeux ni cesser de me sourire, elle a plaqué sa main contre le dos de la matrone et l'a légèrement poussée vers moi. J'ai remarqué la mine réjouie, un peu égrillarde, de la femme plus âgée, son regard pétillant de malice, nous dit Marco en souriant lui aussi. L'entremetteuse m'a rejoint à petits pas rapides de l'autre côté de la pièce. Elle s'est baissée pour prendre sur la table basse la lampe à pétrole qui m'avait aidé à créer mon bestiaire d'ombres. Puis, avec un petit hochement de tête, mais surtout un enthousiasme qui m'a donné envie de la serrer dans mes bras, elle m'a fait signe de la suivre jusqu'au fond du dortoir des enfants et une autre tenture chamarrée, qu'elle a écartée pour me laisser passer. En même temps, elle m'a mis la lampe à pétrole dans la main et j'ai débordé de joie en sentant à mon tour une légère poussée dans mon dos.

« Cette pression affectueuse de sa paume entre mes omoplates m'en a vaguement rappelé une autre, récente, virile, plus ferme, guère amicale, plutôt impérieuse et autoritaire, semblable à un ordre auquel on ne pouvait se dérober. Une terreur sans nom m'a fait trembler de la tête aux pieds au souvenir de la paume énorme qui, elle aussi, ailleurs, m'avait irrésistiblement poussé en avant. Mais une partie de moi-même, qui tenait à son plaisir, a refusé de se remémorer l'endroit où, quelques jours plus tôt, j'avais cru que cette main me guidait. Tout à mon allégresse, ne voulant voir que mon bonheur, j'ai aussitôt chassé ce malaise inexplicable, cette terreur, car je comprenais enfin que la belle avait décidé de ne pas me congédier et, bien plutôt, d'entamer un nouveau chapitre de notre complicité.

« J'étais seul dans un couloir étroit et obscur. Je n'en distinguais pas l'autre extrémité. Aucune lumière sinon celle de ma lampe. Comme partout dans la maison longue, les murs et le sol étaient en terre battue ou en torchis, le plafond en chaume. Je n'entendais aucun bruit, sauf la musique assourdie qui continuait là-bas, très loin, m'a-t-il semblé, avec des accents métalliques plus marqués. La peur m'a encore saisi, elle m'a soufflé que la paume invisible me poussait toujours en avant, que j'étais revenu dans le couloir rouge aboutissant à la chambre mortuaire. La perspective du plaisir a reflué, remplacée par une terreur muette, paralysante. Je me suis senti suffoquer, le vertige m'a fait chanceler. J'ai posé ma main libre contre le mur pour ne pas tomber.

« J'étais écartelé entre le bonheur et la terreur : l'hédoniste a vacillé en moi mais a tenu bon, confiant que les promesses implicites de nos doigts enlacés allaient bientôt s'accomplir ; pourtant, la panique montait, surtout quand j'ai remarqué la nuance rougeâtre des murs en terre éclairés par la lampe. Ces émotions violemment antagonistes ont tout à coup été balayées par une immense fierté venue de je ne sais où, la fierté nouvelle et enivrante de trahir définitivement et jusqu'au bout le monde des maîtres. J'ai soudain exulté en reconnaissant que j'avais choisi mon camp, que ma trahison était complète, sans retour en arrière possible. Chaque fois que, dans cette vaste maison dont j'ignorais le plan, je franchissais un seuil ou traversais une pièce, je pensais m'éloigner un peu plus de l'univers des Blancs, progresser sur le chemin de la trahison, acquiescer davantage à la musique et au mode de vie de ceux que les colons qualifiaient de sauvages. Et puis, à chaque seuil franchi pour pénétrer plus avant dans le labyrinthe où elle me guidait pas à pas avec tact et assurance, je croyais me rapprocher de cette jeune femme que je désirais comme jamais, je crois, je n'ai désiré aucune femme. »

Marco se tut, resta un moment silencieux, la tête penchée, les mains jointes au-dessus du petit bol de gingembre confit. Je me demandai s'il aurait la force de continuer. Je crus voir une larme perler à son œil, qu'il essuya du revers de la main. Il alluma une autre cigarette, en tira une bouffée, poursuivit son récit d'une voix sourde.

« Dans ce couloir c'est l'ivresse de la trahison qui, s'ajoutant aux deux autres, m'a rendu l'équilibre, m'a permis de tenir à nouveau fermement sur mes jambes, d'affronter ce que je ne pouvais pas nommer. Oui, la splendide trahison, le bonheur exaltant de trahir, de s'émanciper enfin de ce qu'on déteste et ne supporte plus. Je la revendiquais, j'aurais voulu la clamer, même s'il n'y avait personne ici pour m'entendre : j'étais un traître, j'en étais fier ! Avec un peu de chance, j'allais en donner une preuve définitive. Durant ces quelques instants où je suis resté appuyé au mur, dissipant peu à peu ma terreur, j'ai pensé confusément que je venais de passer toujours moins de temps dans des pièces toujours plus petites. Il y avait là une sorte de progression, d'étapes successives vers un cœur mystérieux, à la fois la fin de tout et un commencement, le comble de la trahison et un éveil à une vie nouvelle. Contrairement à ma récente visite au couloir rouge, qui m'avait conduit au cœur des ténèbres et de l'horreur, je pressentais que j'allais découvrir ici, au fond de ce boyau obscur, non pas un monstre effrayant ou une atrocité inédite, mais un embrasement, un cœur de lumière. J'avais beau être plongé dans le cloaque de l'esclavage, c'était la palpitation de la joie de vivre que je m'apprêtais à rejoindre. Mais je n'étais sûr de rien. En moi comme au-dehors, tout pouvait basculer d'une seconde à l'autre.

« Une silhouette indistincte, souple et silencieuse, est lentement arrivée depuis le fond du couloir enténébré où je n'y voyais pas à plus de deux ou trois mètres. Je l'ai reconnue dès qu'elle est entrée dans l'orbe orangé de la lampe. Elle me souriait toujours, ses yeux brillaient, mais avec une sorte de pudeur, peut-être aussi une légère crainte. Après tout, même si nos doigts avaient scellé notre pacte, elle ne me connaissait pas plus que je ne la connaissais. Elle s'est arrêtée devant moi, elle m'a tendu la main, je l'ai saisie, puis elle a fait demi-tour et nous sommes partis, seulement éclairés par la lampe que je brandissais pour assurer mes pas. Familière des lieux, elle savait où elle m'emmenait. Les murs étaient nus. À droite comme à gauche, des tentures masquaient quelques embrasures ; aucun son n'en sortait, il n'y avait personne dans ces pièces invisibles, ou bien l'on y dormait déjà. Quand j'ai senti ses doigts caresser les miens, je les ai serrés, tellement j'avais peur.

« Au fond du couloir, elle a obliqué à droite. Submergé par une nouvelle vague de panique, j'ai revu la chambre mortuaire, le caveau de Michel V. Elle, qui bien sûr ne soupçonnait rien, a écarté une tenture pour me faire entrer dans une pièce exiguë, où elle m'a suivi en laissant le lourd tissu retomber derrière elle. Comme là-bas, à Dalat, il n'y avait pas de fenêtre, mais c'était le seul point commun entre ces deux chambres. La terreur a reflué d'un coup, sans raison.

« La musique était beaucoup plus forte qu'avant, dans le couloir ou le dortoir des enfants, à croire que l'orchestre se trouvait juste derrière le mur du fond qui, comme les autres, ainsi que le sol et le plafond, était couvert de planches sombres. L'espace exigu et le plafond bas m'ont évoqué une cabine d'ancien voilier, meublée du strict nécessaire : une petite table en bois, deux tabourets, un lit ou plutôt un simple châlit, assez vaste, recouvert d'un mince matelas et d'un grand dessus-de-lit aux motifs géométriques irréguliers et moirés, mêlés et imbriqués en un tissage à la fois précis, rigoureux et chaotique, partout instable et déréglé ; ces superpositions et ces métamorphoses de formes et de couleurs s'accordaient aux variations imperceptibles, incessantes, de la musique que j'entendais de l'autre côté de la cloison. Sur un fond de flûtes et d'orgues à bouche, deux xylophones aux sonorités métalliques se répondaient selon un rythme lent et répétaient de brefs groupes de notes, des mélodies fragiles, ductiles, qui sitôt apparues s'étiraient, se modifiaient lentement pour se fondre en d'autres motifs musicaux tout aussi éphémères. J'ai refusé de croire que, derrière le mur de la chambre, les musiciens jouaient seulement pour nous deux, qu'ils nous offraient leur sérénade orientale. Mais qui sait? Ils nous faisaient peut-être ce cadeau délicat.

«Elle m'a lâché la main pour installer deux coussins à la tête du lit. J'ai posé la lampe sur la table basse, puis j'ai entendu dans le couloir une voix enjouée, mélodieuse, pleine d'entrain. La belle lui a répondu doucement en se tournant vers la porte. La tenture s'est légèrement écartée et la matrone de tout à l'heure, notre entremetteuse, a passé la tête dans la chambre. Elle m'a souri, lancé un coup d'œil ravi en opinant deux fois, comme pour me pousser à boire encore de l'alcool de riz ou à tirer sur sa pipe, et je me suis presque attendu à voir sa main tournicoter très vite devant son buste pour m'encourager de nouveau à aller de l'avant, à ne pas bouder mon plaisir. Mais elle n'a rien fait de tel, se contentant de tendre une bougie allumée et une gourde à ma compagne avant de reculer dans le couloir en poussant un petit cri excité. La tenture est retombée.

«J'étais maintenant certain de passer au moins quelques heures, sinon la nuit entière, avec la belle

Mnong. Cette chambre ne pouvait pas être la sienne ni celle de quelqu'un d'autre, car il n'y avait là aucun objet personnel, ni vêtement, ni bijou, ni décoration, ni corbeille de fruits, aucune trace d'occupation récente, et j'en ignorais l'usage. En un sens, cette pièce était aussi anonyme que la chambre d'hôpital de Michel V. J'ai senti l'angoisse revenir, puis me suis raisonné : je n'étais pas en présence d'un moribond, mais de cette jeune femme si belle et vive en qui, me fiant à ma seule intuition, j'avais entièrement confiance. Même si, dans les deux situations, tout dialogue était exclu, j'avais entamé avec elle un échange d'une autre nature, sensuel, joyeux, subtil et tactile, sans commune mesure avec les quelques questions restées sans réponse que j'avais posées au moribond allongé sur le lit médicalisé.

« Je ne tirais aucun orgueil d'être là avec elle, je savais que ce n'était pas moi qui l'avais conquise, séduite, mais plutôt l'inverse : si j'étais là, dans cette chambre inconnue, c'était parce qu'elle en avait décidé ainsi et qu'elle avait habilement manœuvré pour m'y entraîner. Je débordais néanmoins de bonheur, car la coïncidence de nos désirs m'enchantait. Elle a posé la bougie allumée près du lit, puis elle m'a tendu la gourde en m'adressant un large sourire et un regard que la lueur ambrée de la bougie et autre chose encore, sans doute l'excitation, l'imminence d'un contact plus intime que celui de nos seuls doigts, faisaient briller d'un éclat fiévreux presque effrayant. J'ai saisi la gourde, je l'ai portée à mes lèvres sans cesser de fixer ces yeux noirs scintillants, mystérieux, légèrement bridés, qui restaient rivés aux miens sans cligner. Sans cligner, comme ceux de l'autre, mais ceux-ci débordaient de vie. J'ai bu quelques gorgées. Ce n'était pas de l'alcool de riz, simplement de l'eau fraîche, au goût un peu terreux. J'ai sans doute vidé la moitié de la gourde avant de la lui tendre en pensant qu'elle aussi avait soif. Elle l'a prise et doucement posée sur la table, à côté de la lampe dont la lueur faiblissait. Puis elle s'est redressée et tournée vers moi. Elle m'a regardé droit dans les yeux avec une gravité nouvelle et, d'un geste délicat de ses mains montées vers l'épaule, elle a défait le nœud du sarong violet, qui est tombé d'un coup à ses pieds.

« Elle était nue devant moi et elle me dévisageait encore avec ce grand sourire calme et confiant qui m'a soudain décontenancé. Quand, sans réfléchir, je lui ai à mon tour dit : "Merci" en m'inclinant, elle a éclaté d'un long rire joyeux et cristallin, se souvenant sans doute que c'était l'unique mot qu'elle m'avait adressé de toute la soirée, près de la jarre, lorsque nos doigts s'étaient rencontrés pour la première fois autour du chalumeau. Cette beauté manifestait une liberté souveraine qui m'a mis les larmes aux yeux. Une bouffée de colère m'a brusquement submergé à la pensée que le seul mot de la langue des maîtres qu'elle connaissait était un hommage que l'on rendait d'ordinaire à la générosité, à l'attention, au soin prodigué par autrui, alors que son peuple n'avait subi qu'outrages et humiliations, asservissement et destructions de la part de ceux qui parlaient cette langue et lui avaient peut-être appris cyniquement à les remercier ainsi de leurs mauvais traitements. Pourtant, loin de réserver ce mot à la seule servilité, elle savait l'infléchir à sa guise, l'entendre différemment, composer avec ce *merci*, dont elle saisissait, me semblait-il, les nuances et les subtilités.

« Mes yeux ont dissipé ma colère. Elle avait un corps magnifique : des épaules rondes, des seins opulents à l'aréole presque noire, au mamelon érigé, une taille fine au-dessus de larges hanches où la toison noire et bouclée brillait doucement, des cuisses aux muscles fuselés et de longues jambes minces s'étrécissant en chevilles délicates où scintillaient deux bracelets d'or mat, enfin des pieds menus, mais solidement ancrés au sol. Elle portait autour de la taille une étroite chaîne de perles noires et de médaillons d'argent, semblable à celle qui entourait ses cheveux. Au milieu de son ventre plat, un anneau d'ébène, plus gros que les médaillons et les perles, pendait de la chaîne sous son nombril et se perdait dans le triangle de la toison. Sa peau bistrée luisait sombrement dans la lumière dorée de la bougie. Tout en elle m'enchantait.

« Elle se dressait là, immobile dans la pénombre, statue ou idole parfaite. Je me suis déshabillé avec moins d'élégance qu'elle. Lorsque j'ai été nu, je lui ai fait face, moi aussi immobile, fasciné, presque paralysé. Ses paupières se sont baissées sur les globes étincelants de ses yeux mi-clos, elle a tendu vers moi ses mains aux doigts bagués, puis elle m'a saisi les épaules et attiré doucement, sans hâte, mais avec fermeté, vers son corps. Une fois de plus, elle prenait l'initiative, me guidait, et j'ai admiré sa force mesurée, ce tact amoureux qui, de pièce en pièce, un seuil après l'autre, m'avait lentement amené jusqu'à cette chambre.

« Je l'ai embrassée. J'ai senti son corps se presser contre le mien, ses bras m'enlacer, ses mains me caresser le dos, ses lèvres s'ouvrir. Ma bouche a quitté la sienne pour couvrir de baisers ses yeux, ses joues, ses oreilles, sa gorge, s'abaisser vers ses seins, sucer et lécher ses mamelons tandis qu'elle me tenait la tête entre ses paumes. Je me suis accroupi devant l'idole, mes lèvres sont encore descendues pour lui embrasser la taille, le nombril, les hanches, la toison. Quand j'ai passé un doigt sous l'anneau d'ébène qui s'y cachait à demi, elle m'a relevé, puis embrassé avec une passion nouvelle, en haletant un peu. Elle a fermé les yeux, glissé sa langue humide dans ma bouche et, sans que ses lèvres quittent les miennes, elle m'a fait basculer sur le châlit.

« Pardonnez-moi ces détails que vous trouverez peut-être déplacés ou superflus, dit Marco en nous dévisageant soudain. Mais la splendide simplicité de cette jeune femme dans l'amour ne s'encombrait pas des fausses pudeurs de sainte-nitouche ni, à l'inverse, des outrances grivoises qui font parfois de cet acte une corvée ou rendent le désir obscène. Elle était à son aise, elle prenait ses aises, elle aimait nos gestes, nos soupirs, cette complicité nouvelle, l'indiscernable sueur animale qui faisait glisser nos peaux l'une contre l'autre. Elle adorait tout ce qu'elle faisait là, sans en concevoir la moindre honte ni en tirer quelque gloriole vaniteuse qui l'aurait flattée. J'ai perçu sans l'ombre d'un doute que, loin de garder son plaisir pour elle seule, de se refermer sur lui, d'en guetter la crue et les fluctuations dans un huis clos égoïste qui m'aurait réduit à un simple accessoire de son désir, elle me l'offrait en espérant que j'aurais la même générosité. Je me suis dit soudain que la "maîtresse" blanche aurait bien du mal à lui inculquer la foi chrétienne, à lui enseigner le sens du péché de la chair.

« Dès que nous avons été allongés l'un contre l'autre, corps à corps, lèvres soudées, échangeant souffle, sueur et salive, elle s'est mise à vibrer doucement, à onduler imperceptiblement, à fredonner aussi. Stupéfait et ravi, j'ai senti ses nerfs, ses muscles, ses membres, sa poitrine, sa respiration et son ventre s'accorder à la musique étale et miroitante, sans début ni fin, que nous entendions toujours près du lit, de l'autre côté de la cloison. Pour moi et pour moi seul, afin d'accroître encore notre plaisir, elle jouait de son corps comme d'un instrument délié, sensible, qui accompagnait, répercutait ou anticipait à la perfection les vibrations musicales.

« Comprenez-moi bien : elle ne voulait en aucun cas me montrer de quelle prouesse érotique elle était capable, ni m'impressionner par la virtuosité d'une technique amoureuse qu'on lui aurait apprise, telle une arme destinée à séduire son partenaire, à le réduire à sa merci. Non, elle s'abandonnait simplement à la musique comme une nageuse se laisse porter par la mer toujours semblable, sans cesse changeante. Son désir s'harmonisait sans effort avec ces variations qui retournaient le temps comme un gant, donnaient l'impression à la fois d'une parfaite immobilité et d'un mouvement continu. Sur mon corps tout entier, et plus seulement sur ma paume, mon poignet ou le dos de ma main, ses doigts traçaient leurs partitions sinueuses ponctuées de légères griffures. Elle dont j'ignorais jusqu'au prénom dansait lentement contre moi ; les yeux mi-clos, elle créait un monde ou se fondait dans un monde qui était le sien et où elle m'accueillait, où se répondaient les notes qu'on entrelaçait près de nous, les motifs ondoyants du dessus-de-lit, sa passion sexuelle, l'envie que j'avais d'elle, mes caresses de plus en plus intimes, notre accord splendide, exacerbé plutôt qu'empêché par l'impossibilité de nous parler. C'était d'une beauté suffocante. Jamais, avec aucune autre femme, je n'ai connu pareil bonheur.

« Tout ce temps, nos regards restaient rivés l'un à l'autre. Dans cette chambre d'écoute qui était aussi une chambre d'échos, elle me caressait au rythme des pulsations sonores, visuelles, charnelles qui nous traversaient, étaient nous. Plus rien n'existait en dehors de ces vagues incessantes que je laissais me submerger avec délice. Une fois encore, comme quelques jours plus tôt à l'hôpital, j'ai largué les amarres du langage, dit adieu aux mots en éprouvant le même soulagement étrange que la première fois, et je me suis retrouvé face à la pureté acérée de l'expérience. Mais contrairement à l'horreur qui m'avait anéanti dans le couloir rougi de sang, cette nouvelle expérience de la perte, de la disparition des mots, m'a mené aux portes du paradis.

« Loin de nous séparer, l'éclipse acceptée d'emblée comme une pièce maîtresse du jeu exacerbait notre complicité amoureuse. Pourquoi suscite-t-elle à présent chez moi tant d'explications, de souvenirs, de regrets ? Le langage serait-il une malédiction, seulement apte à retourner le couteau dans la plaie ? Proposerait-il au mieux une voie d'accès mélancolique à ce qui a définitivement disparu ? Nous résidions avec délectation dans cette absence de parole, comme des nageurs évoluant entre deux eaux, dans la lumière diaprée des profondeurs, sans jamais ressentir le besoin de remonter à la surface pour respirer. Peut-être les légendes associées aux sirènes trouvent-elles leur origine dans ce bonheur secret, seulement connu de quelques-uns… Ne pas pouvoir converser était pour moi un plaisir inouï ; pour elle, je ne sais pas, mais mon amante aussi semblait jouir de cette dispense qui lui laissait les coudées franches, libérait ce merveilleux espace de vibrations sonores, colorées, sensuelles, où elle m'accueillait.

« Par moments, entre deux caresses, j'avais conscience de vivre un amour mort-né. Dès le lendemain matin, je partirais pour Saïgon, sans aucun espoir de la revoir. Et puis, même au cas improbable où je me serais attardé dans ce village Mnong, qu'aurions-nous pu partager, elle et moi ? Nous étions aussi différents qu'il est possible de l'être, sans le moindre point commun sinon cette passion. Elle le savait et j'ai eu l'orgueil de croire qu'au lieu d'amoindrir notre désir, cette fin annoncée l'aiguisait aussi chez elle : la certitude que nul lendemain ne viendrait l'affadir le portait à son point d'incandescence. La musique a continué, j'y ai vu une musique d'amour et de deuil.

« Nos mains sont devenues fébriles. Elle gémissait, poussait des petits cris haletants sans me quitter des yeux ni interrompre sa danse. J'ai alors senti ses doigts guider fermement mon sexe en elle. À nouveau, peut-être pour la dernière fois, elle prenait les devants. Elle m'a saisi les hanches pour leur imprimer délicatement les sinuosités de la musique. Sitôt assurée que je comprenais son intention, que mon sexe et mes hanches y acquiesçaient avec volupté, elle m'a souri et pris le visage entre les mains, comme pour vérifier que j'étais bien là, que c'était bien moi, que mes yeux reflétaient son plaisir, que les siens témoignaient du mien.

« Par un hasard heureux ou selon un plan qu'elle-même avait mûri – je ne le saurai jamais –, l'orchestre a insensiblement changé de tempo, accéléré peu à peu, enchaîné les métamorphoses mélodiques sur un rythme plus vif. Lorsque ses vocalises sont montées dans les aigus, ponctuées de roucoulades et de gazouillis d'oiseaux inconnus, les gongs, les cymbales et les tambours ont soudain explosé de l'autre côté de la cloison. Son corps s'est arqué sous le mien, depuis les talons jusqu'à la nuque, elle a crié longtemps au milieu du tonnerre des percussions, puis ses cris sont devenus des gémissements de plaisir, des geignements alanguis. Ses muscles se sont lentement relâchés, ses traits détendus, ses paumes ont quitté mon visage, un sourire comblé est apparu sur ses lèvres. Elle a fermé les yeux.

« La musique s'est tue, comme si ce cri avait signalé la fin du concert. Bientôt, j'ai seulement entendu la respiration apaisée de mon amante que j'ai serrée dans mes bras en lui embrassant les lèvres, les yeux, le front, les cheveux, les épaules, les seins. Un peu plus tard, nous avons encore fait l'amour. Puis ri aux éclats. Je l'ai serrée contre moi comme pour la protéger de l'échéance du matin, l'emporter à mon tour au-delà du dernier seuil, vers une autre chambre, jusqu'au cœur caché de cette maison labyrinthique, où nous aurions pu fuir tous les deux, nous échapper, prendre le large et gagner la haute mer, rester ensemble, apprendre à nous aimer autrement, plus calmement, à l'écart de cette passion musicale qui emportait tout. Mais, je le savais, c'était l'impossibilité même du moindre avenir qui nous arrachait à l'humanité pour faire de nous ces créatures nocturnes, sensuelles, délicates et sauvages. Pendant quelques heures encore, nous serions – elle, l'esclave, moi, le traître – entièrement libres, affranchis de nos identités ordinaires, de sa tribu qui m'avait accepté, de mes faux amis qui étaient ses maîtres, affranchis aussi du langage et du temps.

« Nous avons très peu dormi. Dès que nous dérivions vers le sommeil, un geste infime, le plus léger mouvement, un soupir, le glissement d'une peau contre l'autre, son haleine effleurant mes lèvres ou ma joue, suffisaient à ranimer le désir. Dans l'obscurité désormais presque complète, seule la lueur blême des étoiles entrant dans la chambre par un espace aménagé entre le haut des murs et le toit de chaume, nos caresses recommençaient, nos souffles accéléraient, nous haletions et le rêve incandescent reprenait vie.

« Sans doute vers la fin de la nuit, mais je ne saurais le dire avec plus de précision car j'avais perdu toute conscience du temps, je me suis brièvement endormi. Et j'ai rêvé pour de bon, à part moi, comme pour me prouver que j'étais capable de faire quelque chose sans elle, de mon propre chef. J'avançais dans le couloir de l'hôpital entre les deux murs couverts de sang. Horrifié mais déterminé à aller jusqu'au bout, je marchais vers la chambre que le chirurgien vietnamien venait de m'indiquer. Je m'étonnais d'être seul, puis comprenais que mes compagnons ne m'avaient pas suivi et ne le feraient pas. Il n'y avait aucun bruit dans ce couloir, personne ne parlait, ne criait, ne gémissait ni ne chuchotait, près de moi ou derrière une porte close. Je n'entendais aucun bourdonnement d'appareil médical, aucun vrombissement de moteur de voiture ou d'ambulance sur le parking, d'hélicoptère sur l'aire d'atterrissage. Ce silence oppressant m'a paru suspect, seulement possible en rêve. Je me suis alors dit que je rêvais, que je devais m'éveiller, émerger hors de ce silence trop compact, peu vraisemblable, réintégrer la réalité. Mais quelle réalité, je n'en avais aucune idée. Dans mon rêve, j'étais seulement conscient de cet autre rêve enchâssé dans le premier, dont je me croyais prisonnier ; mais j'ignorais tout de la réalité que j'aurais pu rejoindre en me forçant à quitter ce lieu voué au silence et à l'immobilité. J'ai soudain senti un frôlement, une chaleur contre les doigts de ma main gauche. Je me suis tourné de ce côté et je l'ai vue. Elle était nue, souriait mystérieusement, le regard fixé droit devant elle, vers le fond du couloir et non vers moi. Elle marchait d'un pas souple, assuré, près de mon épaule. Sa peau très brune, couverte d'une mince pellicule de sueur, brillait et resplendissait devant le mur ruisselant de sang. Cette image horrible et magnifique m'a coupé la respiration, et mon second moi, celui de l'hôpital, n'a plus eu la moindre envie de s'éveiller de son rêve. Les doigts de la jeune femme m'ont saisi l'index, l'ont doucement serré pour m'entraîner, m'encourager à l'accompagner jusqu'au bout. J'ai tout à coup remarqué que j'étais nu moi aussi, mais je ne m'en suis pas étonné, comme si notre nudité n'avait rien d'anormal. Nous sommes arrivés au fond du couloir devant la dernière chambre à droite. Passant devant moi sans lâcher mon index, elle a soulevé la tenture aux frises géométriques entrelacées qui masquait l'entrée. Je l'ai suivie au-delà du seuil, certain et terrifié de découvrir un lit médicalisé pas tout à fait au centre d'une pièce aveugle, aux murs nus, où il n'y aurait rien d'autre que Michel V. allongé, immobile, le corps et le visage cachés sous des bandages blancs où le sang suinterait. Mais le plafond et les murs de la pièce où je suis entré étaient couverts de planches sombres mal équarries ; au lieu des néons blafards, deux bougies allumées étaient posées sur une table basse en bois sculpté ; à la place du lit médicalisé et de son armature d'acier chromé, un grand châlit occupait un angle, recouvert d'un tissu brodé où des fleurs chatoyantes et des motifs abstraits se répétaient, ondoyaient, s'imbriquaient selon un ordre raffiné qui m'échappait et me fascinait. La jeune femme s'est tournée vers moi en souriant. Elle a tendu le bras en gardant le poing fermé, puis ses doigts se sont dépliés devant moi. Au creux de sa paume, j'ai reconnu l'anneau d'ébène que, pourtant, je n'avais pas encore vu sur son ventre, à demi caché dans la toison. À mon grand étonnement, je l'ai alors entendue me dire, avec la voix de L. : "Tiens, il est pour toi. C'est l'agneau d'Éden." J'ai failli rectifier son lapsus, puis me suis ravisé. J'ai pris l'anneau en disant : "Merci", je l'ai glissé à mon annulaire gauche comme une alliance, puis j'ai regardé la jeune femme qui souriait toujours. Ses yeux mi-clos rivés aux miens étincelaient, elle a saisi mes épaules entre ses mains, elle m'a attiré contre son corps et embrassé en glissant sa langue dans ma bouche. Mes paumes ont caressé la douceur de son dos, ses cheveux, ses hanches. Puis, les lèvres toujours pressées contre les miennes, elle m'a fait basculer sur le lit.

« Je me suis réveillé d'un coup. Elle me serrait contre elle de toutes ses forces, à m'étouffer. Le sang ruisselait sur les murs du couloir. Mes dents cognaient contre les siennes au rythme de nos reins. Tout près de nous, un infirmier vietnamien glissait sur une flaque visqueuse, avant de tomber. Elle était allongée sur moi, mon sexe allait et venait en elle. L'infirmier se relevait, puis regardait avec incrédulité ses mains rougies de sang. Quand elle a crié, j'ai joui à mon tour en me demandant si c'était la réalité ou la continuation de mon rêve.

« J'ai cru me réveiller à nouveau. J'ai regardé l'annulaire de ma main gauche. Aucun anneau n'y luisait.

Entre le haut des murs et le bord du toit, une lueur un peu plus intense et dorée que la froide pâleur des étoiles pénétrait dans la chambre d'amour. L'aube pointait. Nous nous sommes endormis. »

Marco nous dévisagea d'un air sauvage, sans la moindre trace d'amitié ni même d'aménité, comme s'il souffrait et que nous ne pouvions rien comprendre à sa peine, à son rêve impossible ni à celui qu'il venait de nous confier. La respiration haletante, aussi furieux que s'il venait de subir un affront ou une injustice, il se maîtrisait difficilement. Ses doigts tremblants allumèrent une autre cigarette. Il vida d'un coup son verre de sancerre avant de s'essuyer les lèvres du dos de la main.

Ici aussi, je le remarquai alors, une aube sans doute moins limpide, plus terne et grise que celle qui, en ce jour lointain, avait embrasé le ciel au-dessus du village vietnamien, dissipait les ténèbres derrière les fenêtres du restaurant de Vuong. Toutes ces coïncidences peut-être dues au seul hasard – la jouissance de la jeune Montagnarde et le paroxysme de la musique, le rêve de Marco, la fin de la nuit ici au *Dalat* comme là-bas un demi-siècle plus tôt – me firent frissonner malgré moi. Il me sembla que le temps et l'espace se contractaient, s'annulaient. Au bout de cette nuit consacrée aux remémorations inspirées, vertigineuses, comiques ou déchirantes, je crus pour de bon que l'amante Mnong allait faire son entrée dans la salle de restaurant où, depuis la veille au soir, quatre hommes en écoutaient un cinquième essayer en vain de convoquer sa présence. La seule question était de savoir si elle serait nue ou vêtue d'un sarong violet.

« Plus tard, quelques minutes ou quelques heures plus tard, nous dit Marco d'une voix frémissante de colère, j'ai été réveillé par un pépiement urgent dont j'ai aussitôt perçu le ton paniqué. J'ai ouvert les yeux d'un coup. Dans la belle lumière ambrée qui entrait maintenant à flots par l'ouverture entre les murs et le toit, j'ai reconnu la matrone qui, tout près de nos corps nus, agitait les bras et parlait très vite. Sur ses traits, une vive inquiétude remplaçait la joyeuse bonhomie qu'elle avait manifestée durant la fête. Sa main tenait ma veste en jean. Je me suis alors souvenu que, dans une autre vie, je l'avais laissée sur le banc tout proche des jarres, dans la grande salle de la maison commune. Elle aussi réveillée en sursaut, mon amante a bondi du lit, ramassé son sarong pour s'en entourer le corps, le nouer prestement autour du buste. Puis elle a saisi mes vêtements et me les a tendus en me suggérant par des coups d'œil insistants que je devais me hâter.

« Je me suis habillé aussi vite que possible. Dès que j'ai été prêt, elle m'a pris la main et fait parcourir en sens inverse les seuils et les pièces qui, la veille au soir, avaient abouti à notre chambre d'amour. D'abord le couloir toujours aussi sombre, puis le dortoir des enfants, à présent désert, la literie en désordre, les coussins sens dessus dessous, l'air imprégné d'une odeur d'encens, de sueur, de terre. Ensuite, le salon de musique où les instruments – orgues à bouche, flûtes, xylophones, tambours, gongs, cymbales – gisaient silencieux, abandonnés sur le sol. Enfin, la grande salle où je suis entré en courant presque, où j'ai à peine eu le temps de prendre congé des deux jarres, des bancs de bois maintenant vides, ceux des hommes collés aux murs, ceux des femmes faisant toujours cercle au centre, congé de la place où j'avais découvert et admiré sa beauté, touché ses doigts, entendu le seul mot français qu'elle connaissait.

« Quand je lui ai murmuré "Merci" à l'oreille, elle s'est arrêtée, tournée vivement vers moi pour me dévisager, me sourire, avant de me serrer dans ses bras et de m'embrasser à pleine bouche, avec un abandon et une liberté qui m'ont à nouveau stupéfié. Entre deux baisers, je lui ai encore et encore répété les deux brèves syllabes de l'unique mot que nous partagions, notre mot de passe, tout en sachant très bien que je lui disais en réalité : "Adieu ! Adieu ! Adieu !"

« Nous sommes restés longtemps enlacés près des jarres. Prenant une dernière fois les devants, elle m'a repoussé doucement, avec tendresse, elle s'est écartée de moi et j'ai vu qu'elle avait les larmes aux yeux.

« La matrone s'est approchée, elle a tendu le bras vers la porte de la grande salle, adressé quelques mots moins pressants à mon amante, qui a acquiescé. Nous avons alors repris notre course, notre fuite qui m'a fait l'effet d'une désertion, d'une capitulation ignoble. J'ai émergé en clignant des yeux au grand soleil du matin, reconnu la plate-forme en bambou, les quartiers de viande à présent entourés d'essaims de mouches bourdonnantes, la tête du buffle décapité, les ailes déployées des cornes. Ce spectacle sinistre et la lumière crue m'ont ramené sur terre ; la lumière surtout a cruellement dissipé nos rêves, détruit l'impossible qui nous avait accueillis pour la nuit.

« J'ai pensé "Lucien" et tout a été fini.

« Il m'attendait près de la camionnette garée au même endroit que la veille devant la demeure coloniale. Les maîtres n'étaient nulle part visibles. Susanne, la mère promue servante, non plus. J'ai regardé la plantation de thé, les rangées d'arbustes s'étendant à perte de vue jusqu'à l'horizon. Partout, des Mnong y travaillaient déjà avec des pelles, des sécateurs, des râteaux, des pioches, des hottes, des paniers en osier. Quelques femmes de la tribu étaient réunies près du véhicule bleu. Mon amante a lâché ma main pour les rejoindre.

« Le déménageur fulminait. Je l'ai approché d'un pas rageur, plein d'arrogance, prêt à en découdre.

« "Monte", m'a-t-il ordonné, les dents serrées, les mâchoires crispées, alors que j'avais déjà la main sur la poignée de la portière.

« Il s'est installé au volant sans me regarder. J'ai pivoté vers lui. Rasé de frais, il empestait l'after-shave bon marché, portait une chemise blanche à manches courtes parfaitement repassée et un pantalon beige au pli impeccable, les répliques exactes de ses vêtements de la veille. Le visage tourné vers le pare-brise crasseux, il s'est débondé : "Salaud de mes deux ! Tu devais m'obéir au doigt et à l'œil, mais t'en fais qu'à ta tête ! Tu préfères rester chez les sauvages, passer la nuit là-bas, mépriser l'hospitalité de mes chers amis. Je sais pas pourquoi je t'ai attendu, j'aurais dû me barrer sans toi, te laisser croupir au fond d'une jarre! Gérard et Hortense veulent plus jamais entendre parler de toi. Ils se demandent même pourquoi je t'ai amené chez eux, tu te rends compte? T'es qu'un petit con malpoli. Je sais pas non plus pourquoi j'ai descendu ta valise, j'aurais dû la laisser." Et ainsi de suite. Dix bonnes minutes d'insultes et de vociférations postillonnantes.

«J'ai entendu un léger tapotement tout proche, à droite, contre la carrosserie. Le visage de mon amante est apparu près du mien dans l'encadrement de la fenêtre ouverte. J'ai écarquillé les yeux. Elle a passé la main dans la camionnette pour tendre devant moi son poing fermé. Quand ses doigts se sont dépliés, j'ai découvert, luisant au creux de sa paume d'un bistre plus clair que le restant de son corps, l'anneau d'ébène. Cet anneau qu'elle avait porté sous le nombril, parmi la rangée des perles noires et des médaillons d'argent qui lui entouraient les reins, ce sombre bijou à demi caché dans sa toison. Je n'entendais plus la beuglante du déménageur. J'ai saisi l'anneau, embrassé la paume toujours ouverte, léché les doigts offerts. Puis j'ai levé les yeux et lui ai dit une dernière fois: "Merci."

«À son tour, elle a lentement répété ces deux syllabes. J'ai senti que, comme moi un peu plus tôt, elle se servait de ce mot pour me dire adieu.

«La boucle était bouclée. En m'offrant cet anneau et en prononçant ce mot, mon amante a mis le point final à notre histoire dont, bien plus que moi, elle était l'auteure. Son premier "Merci" avait été une invite, un “Bonsoir”, une prise de contact avant celui de ses doigts habiles abandonnés sur ma manche ; le dernier était un “Adieu”, et elle savait que j’y verrais l’écho du premier, un écho élégant, mais aussi un dernier mot irrévocable. Elle m’avait guidé depuis le début et, tout du long, j’avais été plus que consentant, car elle avait sans relâche cherché mon accord, une approbation tacite, un élan partagé, toutes choses que je lui ai manifestées avec parfois une certaine gaucherie, mais toujours avec l’enthousiasme passionné d’un jeune homme séduit par sa beauté, par l’adresse et la franchise de ses doigts, par ce langage muet où nos gestes et nos yeux exprimaient notre désir bien mieux que les mots n’auraient su le faire.

« Lucien a fait démarrer le moteur, j’ai serré l’anneau au creux de ma paume en me retenant de pleurer. La camionnette a démarré dans un nuage de poussière. Je n’ai plus jamais revu mon amante Mnong. »

Marco s’interrompit, sa main plongea dans l’encolure de sa chemise pour en sortir une mince chaîne dorée où était suspendu un anneau noir et brillant, galbé, finement ciselé, couvert d’un filigrane de motifs géométriques entrelacés.

« Voici l’anneau d’ébène qu’elle m’a donné ce jour-là, par la fenêtre de la Citroën. Depuis près d’un demi-siècle, il ne m’a jamais quitté. Je le porte un peu plus haut qu’elle, c’est vrai, plus près du cœur. »

Après un silence, il dit à Vuong avec un large sourire :

« Mon ami, j’ai envie de champagne. Apporte-nous ta meilleure bouteille, s’il te plaît. »

Le patron du *Dalat* alla chercher ce qu'on lui demandait. Marco acheva son récit.

« Après l'engueulade de rigueur, le déménageur ne m'a pas adressé la parole avant que nous ayons rejoint la route principale. Il a allumé une Gitane. Puis, à sa manière imprévisible, il s'est mis à chantonner d'une voix rauque de basse, parfois brisée d'une violente quinte de toux, une voix presque touchante. Malgré ses ratés, les fausses notes, les reprises hésitantes, j'ai reconnu une chanson de Jacques Brel que j'aimais, "Amsterdam". Aussi étrange que cela paraisse, je me suis mis à chanter avec lui. Il ne me l'a pas reproché. Il a continué de fredonner la mélodie, tandis que je chantais les paroles.

« Tout à coup, et j'avais oublié qu'il était capable de disjonctions aussi brutales, Lucien est passé au vietnamien pour haranguer je ne sais qui, peut-être moi, avec une colère insensée. Ses mains quittaient parfois le volant et s'agitaient en tous sens pour ponctuer ses vitupérations, mais il gardait les yeux rivés au pare-brise et évitait avec une adresse nonchalante tous les obstacles qui se dressaient sur sa route. Comme la veille, la camionnette a tangué, cahoté, zigzagué, dérapé, mordu sur le bas-côté, divagué sur la voie opposée en semant la panique chez les piétons, les cyclistes, les motards, les conducteurs venant en sens inverse. J'avais déjà fait l'expérience de ces excentricités et de ces beuglantes qui coagulaient des dépôts de bave blanche à la commissure de ses lèvres, mais cette fois je me suis accroché au tableau de bord en guettant la collision imminente ou le plongeon dans la rizière que je découvrais soudain toute proche de ma fenêtre, au ras de la camionnette. J'ai sursauté, failli hurler, quand il a éructé : "On s'arrête à Bien Hoa, salaud de mes deux !"

« Nous approchions de Saïgon. Au bord de la route, des terrains vagues, des parkings, des hangars, des champs en friche accueillaient le matériel militaire abandonné par les Américains : Jeeps, camions, transports de troupe, motos, mais aussi des avions de chasse ou des bombardiers, des canons, des mitrailleuses, des chenillettes, des half-tracks, des lance-roquettes, des tanks de divers modèles, comme neufs ou déjà rongés de rouille. Tout était à vendre. Au plus offrant, au premier venu doté d'un portefeuille assez bien garni pour payer cash. Et plus on approchait de la capitale, plus les salons de massage et les bars donnant sur la route se multipliaient. Cela allait de la petite cabane en tôle équipée d'un comptoir, de publicités pour Coca-Cola, la bière "33" ou une marque de whisky, d'un réfrigérateur, d'un juke-box et d'un distributeur de cigarettes aux grosses discothèques ouvertes jour et nuit, annoncées de loin par d'énormes enseignes aguicheuses aux néons multicolores. Partout, des deux côtés de la chaussée défoncée, il y avait des filles, des hordes de filles d'une vingtaine d'années ou plus jeunes, en short, débardeur et talons aiguille, qui déambulaient sans but, riaient entre elles, s'esclaffaient, se disputaient, couraient, flanquaient de furieux coups de pied dans des pierres ou des canettes vides, fumaient des joints ou des Marlboro, dormaient affalées sur une chaise en plastique, lisaient le journal, buvaient une boisson au goulot ou avec une paille, des milliers de filles désœuvrées et désargentées, réduites au chômage, mises sur la paille par le départ massif des troupes américaines.

« Lucien a brusquement pris à droite pour se garer dans un parking où plusieurs voitures stationnaient déjà. Sur la façade vert foncé du bâtiment tout proche, d'immenses lettres lumineuses jaunes clignotaient verticalement : *Go-Go Bar*.

« Nous sommes entrés dans une grande salle sombre, climatisée et enfumée, aux murs peints en noir, où un rock sirupeux des années 1950 jouait en sourdine. Je serrais l'anneau d'ébène au creux de ma paume. Il y avait beaucoup de monde. L'air sentait le déodorant, le parfum bon marché, le tabac, la sueur et l'alcool, mais pas l'herbe – ce n'était pas le genre de la maison. Des couples dansaient avec une lenteur étonnante parmi les faisceaux colorés de quelques projecteurs, sous une boule disco miroitante qui essaimait ses paillettes éphémères sur les murs et les corps. Il n'y avait pas de stroboscopes, sans doute jugés trop violents pour la clientèle. Car c'étaient tous des Blancs âgés, ralentis, aux cheveux clairsemés ou au crâne entièrement chauve, vêtus de chemisettes bariolées et de bermudas beige ou kaki, les pieds chaussés d'espadrilles provençales, de sandales en cuir tressé, de mocassins ou de chaussures bateau. Ils ne dansaient pas vraiment, ces seniors, ils faisaient plutôt du sur-place en se dandinant d'un pied sur l'autre et en serrant sans passion contre leur bedaine de très jeunes Vietnamiennes en minijupe et hauts talons, des filles minces et menues, tout sauf musclées, de taille moyenne sinon petites.

« Depuis l'entrée de la discothèque où je m'étais arrêté, j'ai bientôt vu quelques gamines grimacer soudain sur la piste de danse, jeter de brefs coups d'œil effarés autour d'elles, agiter la main en poussant un cri strident pour réclamer de l'aide, plier les genoux comme si elles portaient un fardeau trop lourd pour leur corps frêle : elles ne parvenaient plus à maintenir debout leur partenaire sénile pris d'un soudain accès de somnolence ou d'un malaise, pour éviter qu'il ne s'écroule complètement. Une ou deux autres filles se précipitaient alors à la rescousse, parfois en riant ; elles saisissaient un bras ou la taille du client avachi et chancelant pour le traîner à demi jusqu'à un fauteuil où il s'écroulait de tout son poids. Puis le vieux s'épongeait le visage avec un mouchoir tandis que sa jeune putain l'éventait et lui tendait un verre d'eau en espérant que le bonhomme ne lui claque pas entre les doigts avant de lui avoir glissé un généreux pourboire pour sa peine.

« La plupart de ces seniors étaient ivres ou avaient déjà un pied dans la tombe. J'ai mis quelques secondes à remarquer que toutes les filles de l'établissement, celles qui dansaient, mais aussi les serveuses, les barmaids qui s'activaient derrière le comptoir et jusqu'aux deux caissières, étaient topless. Presque toutes avaient moins de vingt ans et des petits seins. J'ai aussi constaté qu'il n'y avait aucune Mnong dans le personnel uniquement vietnamien du *Go-Go Bar*. Ces filles arrogantes avaient des gestes vifs et tranchants, le verbe haut et la voix perçante, le regard brillant, dur, fébrile, comme si elles étaient sous amphétamines ou sous l'emprise d'un autre excitant.

« Mon déménageur a salué quelques connaissances, puis il s'est assis à une table en compagnie de deux Français de son âge qui l'ont accueilli avec chaleur, en ami de longue date. Chacun de ces hommes bedonnants, au regard légèrement vitreux, au crâne luisant, aux joues couperosées, tenait sur les genoux une jeune fille aux seins nus, qu'il pelotait d'une main distraite tout en conversant avec Lucien. Il ne m'a pas présenté. Je me suis installé sur une chaise à côté de lui.

« Aussitôt, deux filles sorties de nulle part nous ont rejoints et, sans nous demander notre avis, se sont assises sur nos genoux. Nullement gêné, en habitué des lieux, comme s'il retrouvait un animal familier qu'il venait à peine de quitter, Lucien a enlacé la taille brune, caressé un sein, pincé un téton, puis commandé un pastis à la serveuse. J'ai pris une bière. Déjà, les fesses de la fille assise sur mes cuisses se trémoussaient contre mon ventre, elle m'a embrassé dans le cou, puis j'ai entendu sa voix aigre murmurer à mon oreille :

« "*I give you love, you give me dollars, baby.*

« — *I don't have dollars*, lui ai-je répondu, nous dit Marco en riant.

« — *Yes you have dollars, baby!*" m'a-t-elle rétorqué en criant presque, d'une voix indignée, les yeux pleins de colère, à croire que je venais de l'insulter.

« Ses fesses ont cessé de me frotter l'entrejambe, mais elle est restée sur mes genoux, soudain absente, son regard affûté balayant la salle à la recherche d'un client plus conciliant que moi. Elle m'a brusquement léché la joue et dit :

« "*You want dance?*

« — *No.*"

« Je me suis essuyé du dos de la main, avant d'ajouter : "*Sorry.*"

« Je n'avais pas la tête à ça. Je n'avais la tête à rien. J'étais seulement triste, épuisé. Je me suis demandé pourquoi j'avais accompagné Lucien ici. Je n'avais rien à faire au *Go-Go Bar* ni dans aucun bordel déguisé en dancing et j'ai eu honte de lui avoir encore cédé. J'ai serré l'anneau d'ébène, puis mon autre main a plongé dans la poche de ma veste pour vérifier que la petite cuillère au manche de bambou y était toujours. Seuls ces deux objets me rattachaient au monde ; sans eux, m'a-t-il semblé, j'aurais sombré. L'anneau était un talisman qui me protégeait contre le couloir rouge, un antidote qui me permettait de continuer, d'aller de l'avant pour rejoindre Saïgon. Sans lui, j'aurais renoncé, je me serais évanoui comme devant le mur de sang.

« La fille a fait une moue dépitée, levé les yeux au ciel, haussé les épaules avec un fatalisme enfantin qui m'a presque ému, dit machinalement : "*No problem, baby. Next time good time. See you.*"

« D'un coup de reins, elle s'est remise debout en m'adressant un clin d'œil, comme si nous étions désormais bons amis et que la fois suivante serait la bonne.

« Lucien embrassait avec passion sa fille qui lui massait déjà la braguette. Quand je lui ai tapé sur l'épaule, il a pivoté vers moi d'un air ahuri et furieux, sans comprendre pourquoi je le dérangeais.

« "Je pars. Je prendrai un car jusqu'à Saïgon. Merci pour le trajet et pour ma cantine. Je paie ma bière et le pastis."

« Au bar, j'ai tendu un billet à une caissière patibulaire, lourdement fardée, aux sourcils froncés et aux gestes brusques. En haut des seins, juste au-dessus des mamelons, elle arborait, en lettres gothiques violacées, "*U.S. Go Home*". À mieux regarder, la couleur du *Go* central était plus rouge que celle des deux mots du slogan qui l'encadraient. Sous ce premier *Go* j'en ai avisé un second, tout aussi rouge ; puis, sous le second, en bas du sternum, dans l'ombre des seins menus, juste au-dessus d'un petit ventre rebondi et d'un nombril orné d'un mince anneau d'acier, j'ai lu *Bar*. Le tout ressemblait à quelque chose comme ça, nous dit Marco en sortant un stylo de la poche de sa veste pour griffonner une serviette en papier :

U.S. GO HOME
GO
BAR

« Le tatouage vertical, semblable à une cravate rouge, était le premier en date et, jusqu'à l'apparition du second, il avait transformé cette fille un peu plus âgée que les autres en enseigne ou en publicité vivante. Elle venait sûrement d'y adjoindre en urgence les lettres violacées et horizontales de *U.S.* et de *Home*, de part et d'autre du *Go* initial. Cet ajout de dernière minute m'a évoqué un cruciverbiste amateur, une astuce minable, un repentir insincère, un mauvais jeu de mots, une blague douteuse, un scabreux mélange des genres, la politique se prenant les pieds dans le tapis de la gaudriole. La caissière topless en espérait sans doute une promotion ou une protection de la part du nouveau régime, au moins un arrangement avantageux. J'y ai vu le symbole trivial d'un changement d'époque.

« Elle a pris mon argent sans sourciller ni me remercier. J'ai compris que j'étais un client indésirable, pas assez dépensier, qu'elle ne souhaitait pas me revoir au *Go-Go Bar*, nous dit Marco.

« J'ai rejoint la sortie de la discothèque. Lorsque j'ai franchi le seuil et quitté l'air conditionné, j'ai retrouvé d'un coup la chaleur moite, suffocante, de la banlieue de Saïgon en fin de matinée et il m'a semblé plonger dans une piscine d'eau chaude, entrer dans un gigantesque hammam. Cette masse brûlante qui a envahi mes poumons, absorbé mon visage et mon corps, m'a brusquement ramené neuf mois en arrière, vers la porte ouverte de l'avion qui venait d'atterrir au Vietnam. À présent, en posant le pied sur le parking, j'ai cru rentrer à nouveau dans un obstacle à la fois mou et colossal, un mur invisible qui m'a empêché d'avancer, provoquant chez moi un haut-le-corps aussi violent que la première fois à l'aéroport, en haut de la passerelle. Devant le bar à filles de Bien Hoa, le choc physique mais surtout la certitude d'avoir déjà vécu cette sensation instantanée d'étouffement m'ont cloué sur place. Il faisait grand jour, le ciel était d'une éblouissante blancheur de craie, aucune trombe d'eau scintillante n'en tombait pour inonder le parking, aucune déflagration bleuâtre n'embrasait les nuages, aucun combat titanesque de chevaliers en armure n'illuminait la nuit au milieu des coups de tonnerre semblables au fracas d'épées contre un heaume ou un plastron, mais c'était la même chose. Le souffle bloqué, j'ai reconnu cette moiteur plus chaude que mon corps ; une partie de moi-même qui échappait à ma conscience ordinaire, l'englobait et la réduisait à presque rien, a senti en un éclair le temps se contracter, retourner brutalement en arrière, froisser entre ses doigts agiles le laps de mon séjour vietnamien, rejoindre la ligne de départ pour se mordre la queue : si mon "baptême de l'air" tropical humide vécu autrefois, il y avait si longtemps, à l'aéroport de Tan Son Nhut avait signalé le début du voyage en Orient, cette redite, cette répétition dérisoire de la même sensation devant le *Go-Go Bar*, ranimait ce commencement et marquait la fin de l'aventure.

« Une fois encore, la boucle était bouclée.

« J'ai récupéré ma valise sur le plateau de la camionnette en m'étonnant qu'on ne l'ait pas volée. Puis j'ai attendu le car pendant une heure ou deux en buvant des thés glacés dans une gargote proche de la route, où les prostituées m'ont bizarrement considéré comme un gibier sans intérêt. J'ai enfin rejoint Saïgon. »

Vuong posa une bouteille de champagne et cinq coupes sur notre table. Il fit sauter le bouchon, remplit les coupes. Quand il leva la sienne pour porter un toast, je remarquai qu'il faisait grand jour derrière la fenêtre. Un ciel uniformément gris surplombait Paris. La circulation avait repris dans la rue, d'où montait un faible brouhaha de voix, de ronflements de moteurs, une paisible rumeur citadine ponctuée de rares coups de klaxon.

Pensif et las, un coude posé sur la table, Marco n'avait pas lâché l'anneau d'ébène qu'il faisait jouer entre ses doigts pour l'admirer ou chercher à percevoir de secrètes vibrations que, malgré le temps écoulé depuis qu'il l'avait touché pour la première fois, il n'aurait pas encore captées.

« À la cuillère à café, dit Vuong, et à l'anneau d'ébène. Qu'ils te portent bonheur, mon ami. »

Nous bûmes quelques gorgées de champagne en ce début de matinée, puis Marco lâcha l'anneau qui retomba contre sa chemise et il reprit une dernière fois son récit.

« Saïgon était sens dessus dessous, aussi grouillante et affolée qu'une fourmilière dans laquelle on aurait donné un violent coup de pied. Les riches Vietnamiens et Chinois fuyaient le pays par avion ou par bateau. Partout, dans les cafés, les restaurants, les hôtels, mais aussi parmi la communauté des Français, le bruit courait que les troupes nord-vietnamiennes étaient aux portes de la ville, dont la chute était annoncée pour les jours prochains. Comme à leur habitude, les médias gouvernementaux clamaient que l'offensive ennemie était endiguée, que "nos vaillants soldats" gagnaient chaque jour du terrain, que "la débâcle communiste" était proche. La plupart des coopérants militaires que je connaissais voulaient rester sur place pour vivre la chute de la capitale du Sud et la prise de pouvoir des nouveaux maîtres du pays. Je ne partageais ni leur enthousiasme ni leur désir de rester.

« Dès le lendemain de mon arrivée en ville, je me suis rendu de bonne heure à l'agence Air France. Je m'attendais à faire longuement la queue parmi une foule fébrile et paniquée, mais il n'y avait personne. Le grand hall climatisé à la décoration luxueuse était vide. Il ne restait qu'une seule employée derrière le bois verni du comptoir, une jeune Vietnamienne, curieusement inoccupée. Tous les clients et les autres salariés de la compagnie avaient-ils déjà quitté la capitale ? Je lui ai déclaré sans détour que je n'avais pas d'argent, mais que je devais rentrer en France au plus tôt. Elle m'a répondu calmement, avec un sourire paisible, qu'elle allait consulter son terminal, voir ce qu'elle pourrait faire pour moi. Après quelques recherches rapides, elle m'a annoncé que le vol le moins cher serait un aller-retour Saïgon-Paris tarif jeune et qu'il me suffirait de signer une déclaration de dettes sur papier libre, ce que j'ai aussitôt fait. De retour en France, je n'ai jamais eu la moindre nouvelle de cette déclaration de dettes, sans doute égarée dans la tourmente ou annulée pour une raison qui m'échappait.

« Le lendemain en fin d'après-midi, j'ai pris un taxi avec ma valise pour me rendre à l'aéroport de Tan Son Nhut. C'était, je m'en souviens, une vieille Dauphine bleu et jaune, aussi cabossée et décolorée que la camionnette de Lucien. Ma portière grinçante se fermait grâce à un sandow déchiqueté dont j'ai fixé le crochet sur un gros clou branlant enfoncé dans le montant du toit. Puis le chauffeur a démarré dans un concert de tôles disjointes.

« En arrivant à l'aéroport, j'ai appris qu'un C-5 Galaxy de l'U.S. Air Force, affrété pour évacuer des enfants lors d'une opération humanitaire, venait de s'écraser la veille dans une rizière toute proche. Des infirmiers sillonnaient le hall en courant, transportaient des civières et du matériel médical ; il y avait partout des ambulances, devant l'entrée du bâtiment, sur le tarmac, aux abords des pistes. En plus du hurlement des sirènes, on entendait les détonations sourdes de pièces d'artillerie et des rafales intermittentes d'armes automatiques aux alentours de l'aéroport. Après un contrôle douanier plus que sommaire, on nous a fait monter en toute hâte dans un gros Boeing 747 d'Air France. La plupart des passagers étaient vietnamiens ou chinois ; il m'a semblé que des dignitaires du régime en déroute rejoignaient le salon réservé aux passagers de première classe sur le pont supérieur de l'appareil, sous cette bosse à laquelle il devait son surnom de Jumbo-Jet.

« Après avoir longtemps attendu l'autorisation de la tour de contrôle, nous avons réussi à décoller sans encombre. J'ai appris plus tard, par des coopérants restés sur place, que des soldats du Sud, furieux du départ de leurs dirigeants où ils voyaient une trahison, un abandon pur et simple, avaient mitraillé notre avion en bout de piste. Mais ce sont peut-être là de ces rumeurs invérifiables qui circulent toujours en temps de guerre, surtout à la veille d'une débâcle générale.

« De retour en France après mon voyage de noces solitaire, j'ai retrouvé L., mon épouse que je n'avais pas revue depuis plusieurs mois. Lorsqu'elle a découvert l'anneau d'ébène suspendu à la fine chaîne autour de mon cou, elle a souri, touché et examiné ce bijou avec intérêt, admiré les motifs filigranés qui y couraient. Elle aussi pleine de tact, L. ne m'a posé aucune question sur son origine ni sur la valeur affective que je semblais lui accorder. J'ai hésité à lui parler de cette nuit-là, de son invraisemblable beauté ; puis j'ai décidé que certaines choses, il valait mieux les taire. Je crois que j'ai bien fait.

« À cette époque, je me promenais souvent dans les rues de Paris. Partout où j'allais, je me sentais détaché, absent, étranger à cette ville qui était pourtant la mienne depuis toujours, à ses habitants que je ne comprenais plus. Il me semblait qu'une paroi de verre invisible se dressait en permanence entre moi et les immeubles, les magasins, les foules pressées, le ciel même. Je voyais tous ces gens s'affairer, courir au travail le matin, courir encore le soir pour faire rapidement quelques achats avant de rentrer chez eux. Leur prétendue connaissance de la vie me semblait dérisoire au regard de ce que je venais de vivre loin d'ici. Dans les jardins publics que je traversais sans m'y attarder, les mères et leurs enfants, les poussettes et les jouets appartenaient à un autre monde qui n'était plus le mien, un monde douillet, ouaté, proche du sommeil, dont j'étais exclu, que je n'avais même pas besoin de renier, car il m'avait déserté sans le moindre effort de ma part. J'étais en état de choc, moi aussi vaguement hébété, anesthésié mais privé de repères, à mille lieues de mes habitudes passées, incapable de regarder en face et encore moins de me réconcilier avec l'horreur du couloir rouge et la douleur de l'amour perdu.

« La nuit, je croyais discerner dans le placide ciel parisien les armures noires et miroitantes des chevaliers gigantesques qui, neuf mois plus tôt, le soir où j'avais débarqué pour la première fois à l'aéroport de Saïgon, m'avaient semblé combattre parmi les rideaux de pluie et les éclairs de chaleur. Ces chevaliers sans visage s'affrontaient maintenant jusque dans mes rêves. Je redoutais que leur sang se mette à jaillir entre les plaques métalliques de leur cuirasse et me recouvre de la tête aux pieds. Je n'osais pas confier ces craintes à L.

« Je pleurais parfois sans raison, je fondais en larmes dans le métro, au beau milieu d'un repas, la nuit dans mon sommeil, lors d'une conversation banale. À Dalat, j'avais commencé *Lord Jim*, le roman de Joseph Conrad, puis continué ma lecture à Saïgon, avant de finir ce livre à Paris. Un soir de la fin avril, j'étais installé sur le canapé à côté de L., qui comme moi lisait, quand je me suis mis à sangloter en découvrant ces phrases de l'écrivain anglais: "Ce fut assez pour me chasser de mon image de l'existence, de ce refuge que chacun de nous se ménage pour s'y tapir dans les moments de danger, comme une tortue rentre dans sa carapace. J'eus un instant la vision d'un monde semblable à un vaste et lugubre chaos, alors qu'en vérité, grâce à nos inlassables efforts, ce monde est un agencement de petites commodités, le plus ensoleillé que puisse concevoir l'esprit humain."

« L. s'inquiétait de mes crises de larmes, de cette indifférence nouvelle, qui ne me ressemblait pas, m'assurait-elle. Ce soir-là, après mes sanglots, elle m'a interrogé avec patience et délicatesse, mais j'ai été incapable de lui expliquer quoi que ce soit, me contentant de lui tendre *Lord Jim* sans desserrer les lèvres pour qu'elle lise à son tour ce passage qui disait tout. Oui, j'avais la tête ailleurs; j'aurais donné très cher pour savoir où – et aussi comment j'aurais pu renouer les fils, reprendre contact avec les émotions vécues dans le couloir rouge puis dans le village Mnong. Ma carapace, mon armure, s'était volatilisée au Vietnam et les mots avec. Même si aucun danger ne me menaçait, j'étais sans refuge et je souffrais.

« Deux ou trois semaines après mon retour à Paris, L. et moi sommes entrés dans une agence d'Air France avenue de l'Opéra, pas très loin d'ici, nous dit Marco. J'ai réussi à échanger mon retour obtenu pour rien à Saïgon contre un aller simple gratuit à destination de Bangkok. J'ai offert à L. les billets d'avion et, au début de l'été suivant, nous sommes partis tous les deux pour Bali où nous sommes restés jusqu'à début septembre. Nous méprisions l'idée même du voyage de noces, lui préférant celle, plus aventureuse selon nous, du voyage tout court. Je désirais surtout briser la paroi de verre, dissiper la grisaille, chasser de mon esprit l'armure noire des chevaliers sans visage, retrouver un monde un tant soit peu ensoleillé. J'espérais sans doute naïvement que le climat balinais aurait une influence bénéfique sur mon climat intérieur. L. partageait mon espoir. Depuis longtemps, elle avait très envie de découvrir Bali ; avant mon départ pour le Vietnam, elle m'avait souvent confié son désir d'y passer au moins quelques semaines, et maintenant elle sentait qu'un séjour là-bas me permettrait peut-être de sortir de ma léthargie, de cette indifférence dont, pas plus qu'elle, je ne comprenais l'origine. Bali et la lune de miel me guériraient peut-être.

« Sur la plage sauvage de Kuta, qu'aucun grand hôtel n'enlaidissait encore, il y avait deux ou trois petites paillotes entourées de quelques tables où, pour trois fois rien, une Balinaise en sarong servait la *special omelet*, entendez par là une omelette aux champignons hallucinogènes. L. et moi en avons mangé quelquefois, avec les résultats escomptés, et je me suis demandé si c'étaient ces mêmes petits champignons à tige fine et au goût amer qui, en ce soir lointain, avaient macéré au fond des deux jarres dans la maison commune du village Mnong où j'avais connu mon amante.

« J'ai repris pied peu à peu. Grâce à l'amour et aux attentions de L., j'ai à nouveau inventé certaines "petites commodités", avec une méfiance dubitative. Le soleil de l'île indonésienne a enfin transpiré en moi, trouvé son sens figuré, dissipé quelques zones d'ombre, sans jamais réussir à en éclairer le cœur. Les armures noires et le sang des chevaliers se sont éloignés, désertant peu à peu mes rêves et le ciel nocturne où j'avais cru les entrevoir. Je me suis néanmoins senti inapte à reprendre mon ancienne vie à Paris ou n'importe où dans le monde occidental. C'est durant cette convalescence balinaise que j'ai décidé de vivre dorénavant à l'étranger, en Asie, et de tenir une sorte de journal de bord au long cours. Mais pas une fois durant ces nombreuses années consacrées aux voyages et à l'écriture, je n'ai soupçonné qu'en noircissant toutes ces pages et en publiant ces quelques livres j'avais pour seul et unique but inavoué d'essayer de dire ces deux expériences de la perte des mots que j'avais vécues au Vietnam. Dans aucun de mes livres, je n'ai réussi à en retrouver l'accès.

« De retour en France, j'ai écrit à André Malraux pour le remercier de son aide, lui faire brièvement part de mon séjour au Vietnam, mais sans évoquer le couloir rouge et la chambre mortuaire où j'avais soudain été confronté à l'horreur, ni ma passion fugitive pour une esclave qui, à son tour, m'avait appris à m'en passer au profit, cette fois, d'un accord merveilleux entre la musique, sa danse, quelques motifs géométriques et la moiteur de nos peaux. À cette époque comme au cours des décennies suivantes, j'étais incapable d'évoquer aucun de ces deux épisodes, inapte à mettre des mots sur ces instants terribles où la carapace du langage et du temps avait volé en éclats. C'est seulement aujourd'hui, grâce à vous, que je parviens à me frayer un chemin jusqu'à ces émotions singulières. Je ne suis bien sûr pas le seul à avoir ressenti cet ébranlement de tout l'être, ce saccage qui en un clin d'œil réduit à rien toutes les certitudes qu'on prenait jusque-là pour les bases indestructibles de notre espace du dedans. Je suis certain qu'à divers moments de sa vie chacun d'entre nous a vécu l'une ou l'autre de ces expériences. Mais elles nous prennent tellement au dépourvu, elles sont si incompatibles avec l'existence quotidienne, avec le bouclier des habitudes et du langage commun, qu'on préfère les enfouir là où personne et surtout pas soi-même ne pourra les exhumer ; on fait comme si elles ne vous avaient jamais secoué de fond en comble, on les relègue aux oubliettes. À mon insu, elles m'ont expulsé hors de moi-même, pas seulement hors de France, mais très loin du jeune homme un peu niais, un peu prétentieux, que j'étais en arrivant au Vietnam.

« Comme la première, j'ai posté ma seconde lettre à Malraux aux bons soins des éditions Gallimard. Cette fois, personne ne m'a répondu. »

Marco leva sa coupe de champagne en tenant l'anneau d'ébène dans son autre main, comme s'il voulait porter un toast à tout ce que cet objet évoquait pour lui et désormais pour nous, bien que sur un mode moins émouvant, moins éprouvant.

« À l'anneau ! » lança-t-il à la cantonade. Puis, d'une voix plus sombre, presque éteinte, il ajouta : « À elle », sans que nous puissions deviner si ce « elle » désignait l'amante ou L., l'épouse.

Chacun vida sa coupe. Marco parut s'absenter une fois encore, se plonger dans des réflexions qui nous excluaient, congédiaient aussi son ami Vuong ainsi que la salle de restaurant où il venait de renouer les fils de certains souvenirs, de prendre enfin langue avec eux pour en atteindre le cœur brûlant. Il parut oublier jusqu'à la ville où, en ce dimanche matin pluvieux, nous allions tous retrouver nos activités ordinaires, nos « petites commodités » – Vuong débarrassant notre table et préparant le *Dalat* en vue du déjeuner, mon frère et J.B. retournant à leurs dossiers ou à leurs travaux d'écriture, moi-même mettant sur pied mon prochain voyage, chacun de nous réintégrant son refuge, rentrant dans sa carapace. Alors que nous allions nous séparer, je compris que Marco, et non Vuong, était notre divinité tutélaire : il concentrait sur lui tous les dangers, l'acceptait, nous en prémunissait. Tel un bouddha méditant, il sembla s'absorber dans le passé afin d'en arracher encore quelques éclats.

Nous nous apprêtions en silence à quitter le restaurant pour rejoindre la rue, l'abandonnant à cet ultime coup de sonde, quand il émergea soudain de sa rêverie et se leva. Son regard nous engloba tous les quatre et il nous dit : « Merci. »

Cet ouvrage a été mis en pages
par IGS-CP à L'Isle-d'Espagnac (16)
Impression : CPI Firmin-Didot
Dépôt légal : mai 2022 – N° 2539 (168993)
Imprimé en France